Le stelle
Feltrinelli

Chiara Gamberale

PER DIECI MINUTI

Con una prefazione (a mo' di confessione)
dell'autrice e le testimonianze dei lettori

© Giangiacomo Feltrinelli Editore Milano
Published by arrangement with The Italian Literary Agency
Prima edizione ne "I Narratori" novembre 2013
Prima edizione nell'"Universale Economica" aprile 2015
Prima edizione (ampliata) in "Le stelle" maggio 2023

Stampa Grafica Veneta S.p.A. di Trebaseleghe – PD

ISBN 978-88-07-07055-6

La citazione a p. 178 è tratta da: Joanne K. Rowling, *Harry Potter e la pietra filosofale*, Salani, Milano.

www.feltrinellieditore.it
Libri in uscita, interviste, reading,
commenti e percorsi di lettura.
Aggiornamenti quotidiani

Prefazione a mo' di confessione

Già dieci anni. Solo dieci anni.

Stamattina mi sono svegliata e come al solito, quando arriva il 3 dicembre, mi è venuto da festeggiare.

Come al solito, appunto, da – già o solo?, già e solo – dieci anni.

Tanti ne sono passati da quel giorno in cui sentivo di non avere più niente da perdere ed ero entrata nello studio della dottoressa T. per ripeterglielo, come ogni lunedì: non ho più niente da perdere. Tanti ne sono passati da quello scatto improvviso d'insofferenza della dottoressa T.: adesso basta. E da quella proposta in bilico fra uno scherzo e una provocazione: Chiara, le va di fare un gioco?

Per un mese, a partire da subito, per dieci minuti al giorno, faccia una cosa che non ha mai fatto. Una qualunque. Basta che non l'abbia mai fatta.

Ci sono periodi in cui niente riesce a fare breccia nella bolla di smarrimento dove siamo finiti. Succede dopo uno strappo, o se proprio non riusciamo ad abitare una condizione in cui ci ritroviamo, ma non riusciamo nemmeno a modificarla: giorno dopo giorno fra noi e il resto del mondo, senza che ce ne accorgiamo, si forma una membrana sottilissima, invisibile e però ostinatamente impermeabile. Noi rimaniamo dentro alla membrana e il resto del mondo rimane fuori. Non arrivano gli sguardi che potremmo incrociare per la strada, non arrivano i tam tam dei tamburi lontani che altrimenti ci farebbero sognare, le battute che altrimenti ci farebbero ridere, le confidenze che ci farebbero commuovere; le persone parlano, ma a noi sembra solo che aprano la bocca, di quello che dicono non arrivano i morsi, non arrivano le carezze. Non arriva, appunto, niente.

Nei miei romanzi avevo raccontato da sempre storie di persone che si cadono dentro e naturalmente l'ho fatto perché so bene che può accadere, ho conosciuto fin da quando ero bambina che cosa succede, anzi, che cosa non succede più, se si finisce nella bolla. Ma mai attorno a me se ne era formata una tanto inaffrontabile come quella dove – giorno dopo giorno dopo giorno – mi ero ritrovata prigioniera alla fine del 2012, quando tutte le mie certezze, tutto quello da cui ero abituata a passare per dire e pensare *io*, il mio nord, il mio sud, il mio ovest e il mio est, in una concatenazione velocissima e perversa di eventi erano esplosi, non esistevano più.

E però.

E però, mentre cominciavo a inciampare e a ritrovarmi dentro la bolla, fin da quando ero bambina scoprivo anche, senza nemmeno rendermene conto, che cos'è che riusciva, ogni volta, a tirarmi fuori da lì.

Non era l'amore dei miei genitori – così come, in seguito, non sarebbe stato l'amore di un uomo.

Non erano i libri – anche se loro, solo loro, mi facevano una specie di compagnia perfino nella bolla.

Non erano gli amici – che però, da subito e per sempre, sono stati e restano la mia soluzione per tutto quello che c'è fuori dalla bolla.

Non era lo studio, come non sarebbe stato il lavoro.

Era l'insensatezza.

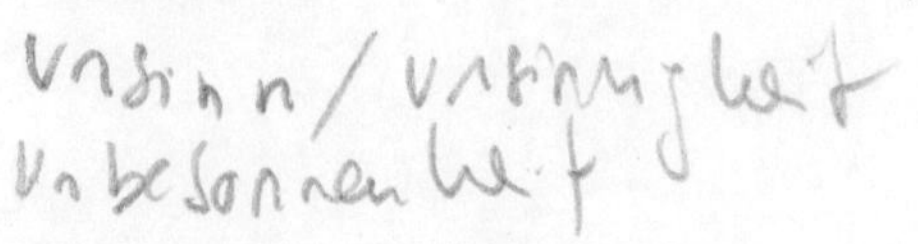

Conoscete il mito di Atalanta, che decide di sposare solo l'uomo che correrà più veloce di lei ma che, essendo stata allattata da un'orsa e cresciuta da un gruppo di cacciatori sul Monte Pelio, non può avere rivali, fino a quando, mentre la sfida, Ippomene fa cadere tre mele d'oro e lei, per guardarle, si ferma e finalmente perde una gara e scopre l'amore?

Le tre mele d'oro di cui io mi fido non possono che avere a che fare con il gioco, la poesia. L'insensatezza, appunto.

Ho proprio una vocazione profonda e innata per la cazzata, per le facce sbagliate dove il naso non c'entra niente con gli occhi, per gli animali invisibili, per l'italiano degli stranieri, le prime smorfie dei neonati.

Così, quando la dottoressa T. mi ha proposto,

Per un mese, a partire da subito, per dieci minuti al giorno...

la monetina dell'insensatezza da fuori la bolla ha fatto *dling* e da dentro la bolla io l'ho sentita.

Come in trance, tornando dallo studio della dottoressa T. a casa mia sono passata davanti a un centro estetico, sono entrata e mi sono fatta dipingere le unghie di rosa fucsia.

Il giorno dopo mi sono iscritta in un'improbabile palestra, quello dopo ancora ho provato a suonare un violino. Nel frattempo il mio cervello, anzi, il mio cervello-cuore-corpo, perché li ho sempre vissuti come una trinità inestricabile, progressivamente, nell'ossessione per tutto quello che avevo perso, trovava uno spiraglio dove decidere che cosa inventarsi per il giorno dopo, riflettere su quali erano le cose che non avevo mai nemmeno contemplato di fare, scoprendo, con uno stupore bambino, che erano davvero moltissime. Ancora di più di quelle che avevo già fatto o che ero abituata a fare. Mentre, senza rendermene conto, addomesticavo così la mia paura del futuro, e prendevo confidenza con la possibilità e la necessità che abbiamo, ogni tanto, di non resistere al cambiamento, attorno a me cominciava a succedere qualcosa di misterioso. I miei amici, ogni mattina, mi mandavano un messaggio: e oggi che cosa farai? Le persone che coinvolgevo nei miei esperimenti, da Rodrigo che si è messo a disposizione per la lezione di violino alla signora del negozio La Casa del Ricamo dove mi sono infilata per imparare il punto croce orizzontale, appena gli raccontavo le ragioni (per così dire) del mio esperimento, allargavano gli occhi, diventavano immediatamente complici e si dedicavano con una cura assoluta al mio apprendistato. Avete presente la scena di *Forrest Gump* dove lui, senza un apparente perché, comincia a correre, e chiunque lo vede si ritrova a sua volta inspiegabilmente contagiato da quella corsa, al punto che prende, molla quello che stava facendo e lo segue? Ecco. Mentre continuavo a cercare cose che non avevo mai fatto, di giorno in giorno, di dieci minuti in dieci minuti, era come se il mio gioco diventasse un gioco di gruppo.

Scrivere per me ha sempre avuto a che fare con questo: con un'urgenza che avverto solo mia e che, malgrado questo e proprio per questo, mi spinge a cercare una sfida stilistica in cui trasformarla perché diventi anche tua, sua, nostra, vostra, loro.

Arrivata a metà percorso, così, pur senza prendere neanche un appunto, sentivo che stavo già scrivendo il libro che sarebbe diventato questo che avete fra le mani. Un libro di autofiction, dove la Chiara protagonista mi somiglia solo in parte, perché, come insegna il maestro Walter Siti, "il realismo è impossibile", e perché sentivo il bisogno di semplificare o complicare certi aspetti dei presupposti della mia vita, per non togliere spazio e verità al vero protagonista: il gioco. Il metodo. Dopo tanti romanzi con cui ho costretto i lettori (che sono da sempre l'incarnazione degli amici immaginari con cui mi intrattenevo da bambina, tanto ci accomunano dilemmi, ricerche e speranze) a confrontarsi con le domande senza risposta e con le vertigini con cui mi confrontavo io – penso a *La zona cieca* o a *Le luci nelle case degli altri* –, finalmente posso regalargli la possibilità di una soluzione: ho pensato. Per poi smettere di pensare, cominciare a scrivere e scivolare in quell'abbandono benedetto che solo raccontare una storia mi permette.

Dopo un anno esatto dall'inizio del mio giocare, il libro è uscito.

O forse dovrei dire che è entrato: perché, esattamente come era successo con i miei amici, anche i lettori da subito hanno cominciato a fidarsi della mia corsa senza meta. E la loro fiducia rimane uno degli abbracci più saldi dove mi sia mai riparata (in più di un senso). Alla fine di quest'edizione troverete solo alcune delle testimonianze che ho ricevuto in questi dieci anni di persone che come me si erano cadute dentro, come me erano certe di non avere più niente da perdere. Eppure, giocando, o facendosi comunque inspiegabilmente contagiare dal gioco dei dieci minuti, finivano per constatare, assieme alla Chiara protagonista del libro e agli altri personaggi: "Da quando la mia vita è vuota non mi ero mai accorta che fosse così piena". Perché uno degli effetti collaterali di confrontarsi con quello di noi e del mondo che ancora non conosciamo, paradossalmente è l'occasione di accendere nuove luci su quello che di noi e del mondo già avevamo scoperto, ma che, nella bolla, ci eravamo dimenticati.

Chi conosce i miei libri sa bene quanto io detesti la retorica e le risposte consolatorie o razionali a quello con cui di inafferrabile e viscerale ci troviamo a fare i conti, in quanto esseri umani.

Però, il gioco che raccontano queste pagine, proprio perché a sua volta ha a che fare con l'inafferrabile e il viscerale, è l'unico valido rimedio che in quarantacinque anni posso affermare di avere trovato all'impermeabilità della bolla. Al trauma di uno strappo. All'assenza del fondo di un buco che ci deforma il cuore. Alla paralisi di una paura.

Sarà perché, come racconto nel romanzo, dopo essermi sforzata a dire per un mese tanti piccoli sì a occasioni a cui ero abituata a dire di no e tanti piccoli no a occasioni a cui ero abituata a dire di sì, alla fine del mio percorso ho detto un clamoroso no e un clamoroso sì di cui all'inizio del mio percorso non avrei pensato di essere capace.

E sarà perché, come nel romanzo non ho potuto raccontare perché mentre scrivevo non potevo prevedere, dal momento in cui il 3 dicembre di dieci anni fa sono entrata in quel centro estetico, hanno preso a muoversi e a intrecciarsi, prima carsiche per poi esplodere, nel vortice di una straordinaria avventura editoriale e umana, una serie di fatalità per cui, il 31 marzo di cinque anni fa, ho scoperto di aspettare mia figlia.

Che mi regala senza farlo apposta ogni giorno dieci, cento, mille minuti della più insperata esperienza di insensatezza, gioco e poesia che io potessi mai immaginare.

È a lei e alla mia Arca Senza Noè che dedico questa nuova, emozionata edizione.

3 dicembre 2022

PER DIECI MINUTI

> In ogni essere umano esistono facoltà latenti attraverso le quali egli può giungere alla conoscenza del mondo.
>
> RUDOLF STEINER

Abitavo nella stessa casa di campagna, alle porte di Roma, da sempre, prima con i miei genitori, poi con una serie di coinquilini, poi con l'uomo che sarebbe diventato mio marito. Ero sposata da dieci anni, da otto tenevo una rubrica per un settimanale, "Pranzi della domenica", che mi portava per una settimana, da domenica a domenica, a pranzare con una famiglia normalissima o assurda, comunque uguale solo a se stessa, e a raccontarla.

In meno di un anno, dall'ottobre del 2011 al settembre del 2012, mio marito aveva insistito per traslocare in città, poi era partito per fare un master a Dublino e il giorno prima di tornare mi aveva telefonato per annunciarmi che no, non sarebbe tornato, ma sì, stava bene, e se per un po' non l'avessi più sentito non dovevo preoccuparmi: anzi, il punto era proprio che forse aveva scoperto di stare meglio senza di me. Insomma, aveva bisogno di mettersi in aspettativa dal suo lavoro e dal nostro matrimonio, e pensare. Da solo. In Irlanda.

Il direttore del settimanale, intanto, non era stato altrettanto sensibile e senza dirmi una parola aveva sostituito la mia rubrica con la posta del cuore di una certa Tania Melodia, vincitrice morale dell'ultima edizione del *Grande Fratello*.

Mio padre, mia madre, mio fratello e gli amici, che mentre tutto mi franava attorno e dentro restavano fermi al loro posto, nei primi tempi si erano dati il turno per dormire con me, mi avevano trascinata al cinema, al parco, al karaoke, allo stadio, in vacanza, non si sottraevano alle telefonate inutilmente lunghe senza "tu" (come stai? cosa pensi? che fai? ti permetti forse di esistere, nel frattempo?) e piene solo di "io" (non esisto più, sto male, voglio morire, e ora che faccio?) con cui li torturavo.

Però giustamente, chiuso il telefono, avevano la loro vita a cui tornare.

L'unica a non avercela più, una vita, ero io.

Al suo posto una massa informe, sfilacciata, ferita, che come unico perno su cui girare aveva lo smarrimento.

Passato il momento del dolore insopportabile, poi, non c'era più neanche quello a farmi un po' di compagnia.

Andavo a letto e l'unico pensiero prima di addormentarmi era la speranza di non risvegliarmi. Tanto il grande amore che dovevo avere l'avevo avuto, i romanzi migliori che dovevo scrivere li avevo scritti, di certo non ne avrei scritti altri in cui mi sarei potuta così profondamente esprimere, perché non avrei vissuto nient'altro che avrebbe potuto toccarmi così profondamente, la casa d'infanzia era ormai alle spalle e con lei ogni promessa interessante di bene: "E allora, se non c'è più da scrivere, se non c'è più da vivere, se non c'è più una famiglia che, ogni settimana, quantomeno mi dia l'illusione di essere la mia, che ci sto a fare io, al mondo?" ripetevo in continuazione ogni lunedì alla mia analista, la dottoressa T.

Che un giorno di dicembre – ispirata da Rudolf Steiner ed esasperata da me –, alla fine di una seduta, mi ha buttato lì, intensa e un po' magica com'è: "Le va di fare un gioco?".

"..."

“Per un mese, a partire da subito, per dieci minuti al giorno, faccia una cosa che non ha mai fatto.”

“Cioè?”

“Una cosa qualunque. Basta che non l’abbia mai fatta in trentacinque anni.”

“Quasi trentasei.”

“Quasi trentasei. Una cosa qualunque. Nuova.”

“Per un mese.”

“Sì.”

“Per dieci minuti.”

“Per dieci minuti.”

“Ma... è sicura che funzioni?”

“Dipende da lei. I giochi sono per persone serie. Se decide di cominciare il percorso, non deve saltare nemmeno un giorno.”

“E poi?”

“Poi che?”

“Alla fine che cosa si vince? Riavrò indietro la mia vita?”

“Ne riparliamo fra un mese, Chiara. Intanto giochi, si impegni e non bari, mi raccomando. Arrivederci.”

“Arrivederci.”

Non avevo niente da perdere: era proprio quello il mio problema.

È diventata l’occasione per provarci.

Cominciare il gioco dei dieci minuti.

Questo che segue è il diario di quel mese.

3 dicembre, lunedì

alba 7.20 – tramonto 16.40

uno smalto fucsia

Lo studio della dottoressa T. è al centro di Roma, a pochi passi dalla casa dove Mio Marito e io ci siamo trasferiti due mesi e mezzo prima della sua telefonata da Dublino.

Fra lo studio e la casa c'è il centro estetico Isla, di Cristina e Tiziana, le uniche persone che mi sono diventate subito familiari nel quartiere di una città che ho sempre sentito vagamente ostile e che da quando Mio Marito se n'è andato si è trasformata in una costante minaccia.

Sono cresciuta e ho sempre vissuto a Vicarello, frazione di un paese a un'ora da Roma che dorme e s'annoia sul suo lago.

Sono stata tante cose, lì: triste, felice, con i capelli a caschetto, lunghi, corti, con il morbillo, le ginocchia sporche, ho avuto gli incubi dei dieci anni, i segreti tremendi dei quindici, le delusioni dei venti, gli stupori dei venticinque, ho fatto le cazzate dei dieci, dei quindici, dei venti e dei venticinque, mentre di là cucinava mia madre, usciva e rientrava mio padre, nasceva mio fratello, passeggiava un gatto, un cane, un altro cane, un coinquilino, un altro coinquilino, un altro ancora, mi sono innamorata, sono stata ricambiata, ma poi no, lasciata, ma poi no, annoiata, noiosa, voluta, perduta, cretina, moglie.

Sempre e comunque protetta.

Dalla violenza della realtà, dicevo io.

Dalla responsabilità di essere davvero un'adulta o almeno giù di lì, dicevano gli altri: finché ti basta attraversare un pezzo di orto per essere a casa dei tuoi genitori è una finta tutto, lo capisci o no?

Fatto sta che non me ne sarei mai andata, se l'impianto elettrico non fosse marcito e se la Mia Casa di Vicarello non avesse preteso con tutta se stessa una ristrutturazione: ma ci sarebbe voluto tempo, era stato il responso degli operai, parecchio tempo. E allora perché non affittiamo una casa a Roma per un paio d'anni, così, se finalmente ti convinci che si vive molto meglio lì, cioè lontano da mamma e papà anziché a tre pomodori di distanza, cioè dentro le cose anziché fuori (fosse solo perché io, invece di farmi due ore in macchina per andare e tornare dallo studio, potrei arrivarci a piedi e tu che non guidi potresti smetterla di vivere in treno), vendiamo la casa di Vicarello e ne compriamo una in città?, aveva proposto Mio Marito.

Avevo risposto va bene: tanto, se dovevo venire esiliata da Vicarello, per me un posto valeva l'altro, bastava che con me ci fosse lui.

Dopo nemmeno tre mesi, però, mi avrebbe lasciata sola, in quella maledetta casa di quel maledetto quartiere di questa maledetta città.

Ma che Isla fosse davvero un'isola, nel rumore inutile che può fare Roma se non sai più chi sei, e che Cristina e Tiziana non avessero niente della simpatia frettolosa, del fare gentile ma impersonale a cui in un modo o nell'altro lavorare da queste parti costringe, me ne sono accorta subito.

Tiziana è sempre divertita, anche quando è seria, ha gli occhi grandi, la faccia in movimento, sembra la protagonista di un fumetto che fa ridere, ma mentre non te ne accorgi, proprio perché non te ne accorgi, ti fa pensare a quello che non funziona, al paradosso dell'essere umano, a Dio.

Cristina è la proprietaria del centro estetico, vive di lunghi silenzi, sguardi mori e intelligenti, adora leggere e fare immersioni, nel mare come in se stessa.

È lei che mi apre quando suono, appena uscita dallo studio dell'analista.

"Hai un buco?" le chiedo.

"Di quanto tempo hai bisogno?"

"Dieci minuti."

Il rimprovero che mi fanno sempre Cristina e Tiziana è di non osare mai una depilazione estrema, un massaggio sperimentale, insomma qualcosa che dia a un'estetista la possibilità di un guizzo, una soddisfazione in più rispetto al portare la cliente al minimo sindacale di decenza.

"Ok, entra," dice Cristina.

E appena le spiego il gioco dei dieci minuti, gli occhi le si riempiono di lucine pericolose. Si mette a rovistare in un cassetto, tira fuori la sua collezione di smalti. Ho paura.

Ne sceglie uno fucsia. Con i brillantini.

Ho ancora più paura.

"Sulle mani no, però."

"Invece sì," fa lei. "Mani e piedi. Magari ci metteremo un po' più di dieci minuti, ma non è un problema, no? Togliti le scarpe e siediti."

Mi tolgo le scarpe e mi siedo.

L'unica tonalità di smalto che abbia mai contemplato è il nero, e comunque con riserva.

Perché siccome scrivi libri non vuoi essere considerata una donnetta fibrillante che racconta storie per capire se stessa, ma vuoi la patente dell'intellettuale rigorosa e impegnata con l'aria malata, grave e pallida, mi hanno sempre detto Cristina e Tiziana.

Perché i colori vivaci, tanto più se accesi, mi sembrano dare a quella realtà che tanto mi spaventa l'autorizzazione a procedere, ho sempre detto io.

Perché tuo padre avrebbe voluto un primogenito maschio e tu non hai mai voluto dargli fino in fondo una delusione, diceva Mio Marito.

Cristina comincia a passarmi una base trasparente sulle unghie dei piedi.

"E a che serve, 'sto gioco dei dieci minuti?" chiede.

"Boh, la dottoressa non me l'ha spiegato. Credo serva fondamentalmente a impegnarmi la testa, a riempire il vuoto e a fare ordine nella confusione che mi ritrovo al posto della vita."

"Sempre meglio il vuoto e la confusione del tuo ex marito." Cristina non è mai stata una grande sostenitrice del mio matrimonio. "Dalla prima volta che sei venuta qui e litigavi con lui via sms, ma non sapevi nemmeno spiegare il perché, si capiva che fra voi non poteva durare."

Non ho ancora trovato il coraggio di confidare a Cristina che dopo l'estate Mio Marito, a modo suo, sta provando un riavvicinamento.

È finalmente tornato da Dublino, diciamo così.

Perché in realtà a Dublino è stato solo tre settimane.

Poi Siobhan, l'interprete che ha conosciuto al master, l'ha annoiato. Allora è partito per New York, si è lasciato per un po' dolcemente morire o dolcemente vivere, a seconda dei punti di vista, d'estate ha pestato il ghiaccio per i mojito in un jazz club, finché non è arrivato settembre.

Il periodo di aspettativa è finito, ha preso in affitto una stanza da un collega ed è tornato a essere il più brillante avvocato del suo studio.

In tribunale, pochi giorni dopo, ha visto la figlia di un imputato che difendeva. Aveva le trecce lunghe, gli occhi terrorizzati e stringeva a sé una giraffa di peluche come fosse l'unico essere al mondo degno di fiducia, capace di darle realmente una speranza.

Il cuore ha cominciato a battergli pazzo, le tempie hanno

preso a sudare, poi s'è fatto buio e lui si è risvegliato a terra, in aula, con le gambe tenute in alto dal suo cliente: aveva avuto un attacco di panico.

Quella bambina gli aveva ricordato all'improvviso una persona.

E che quella persona era sua moglie.

Ci siamo conosciuti che avevamo diciotto anni, Mio Marito e io.

Il nostro liceo partecipava a un'iniziativa del ministero della Pubblica Istruzione che prevedeva la presenza di uno psicologo nelle scuole.

Per ogni classe i professori dovevano segnalare almeno un alunno al mese che, secondo loro, avrebbe avuto decisamente bisogno di un sostegno psicologico.

Nel primo gruppo di segnalati c'eravamo noi due.

"Tu perché sei qui?" mi ha chiesto lui.

"Perché secondo me mangio troppo, ma secondo i miei genitori e i professori non mangio niente. Tu?"

"Perché mia madre si è innamorata della sua cartomante e ha lasciato me e mio padre."

"Uh, mi dispiace."

"A me no, non me ne frega niente."

"E allora perché sei qui?"

"Perché i professori credono che invece me ne freghi. Certo che hai delle trecce proprio lunghissime."

"E tu hai gli occhi gialli."

Era già successo tutto.

Siamo cresciuti insieme: così pensavano tutti, così pensavamo noi.

Ma la verità è che non si cresce insieme perché capita o per magia. Bisogna stare, anzi, molto attenti. E se uno dei due cresce anche solo di mezza consapevolezza più in fretta dell'altro, ma l'altro anziché rincorrerlo ci rimane male e corre da un'altra parte, corre a New York, poi è un disastro ritrovarsi.

Il nostro amore viveva di delusioni e incoerenze già da qualche mese prima della telefonata da Dublino, e ora ha ripreso a farlo: tanto che Mio Marito, mentre in questi giorni riempie gli scatoloni con la sua roba, afferma di non essersi mai sentito così sinceramente legato a me e io non so se considerarla una dichiarazione romantica o un sintomo patologico.

"Lo sai pure tu che non poteva più andare," insiste Cristina mentre, ecco, tocca allo smalto fucsia. È spaventoso, penso. "Fichissimo," fa lei.

"Sì, sì: certo. Lo so. Ma mi sento proprio persa, in generale."

Comincia dall'alluce destro. Aiuto.

"E dai, smettila di fare sempre la lagna. Stai scrivendo finalmente il nuovo romanzo, no? Concentrati su quello."

Secondo dito. Poi il terzo, e il quarto.

"Hai ragione, Cri. Però anche lì ci sono delle complicazioni. Mi sfugge di mano. In poche parole, è la storia di due donne che al supermercato si spiano la spesa e s'invidiano la vita: una fa l'attrice, è una randagia affettiva, piena di ardore ma senza pace, l'altra è una madre di famiglia che quella pace sembra averla trovata. Al punto che però, anziché proteggerla, quella pace la soffoca."

"Mi piace."

Il mignolo. Guardala lì. Quell'unghietta minuscola eppure così rosa. Fucsia.

Che schifo.

"Il problema è che mentre, purtroppo e per fortuna, al momento so esattamente che cosa possa pensare e sentire la randagia, non riesco a trovare un'espressione giusta perché sia chiaro davvero cosa prova Erica, la madre di famiglia. Insomma, mi sembra che manchi, nelle pagine dedicate a lei, la parola chiave per entrarle dentro."

Vai col piede sinistro.

"Qual è il suo dramma?"

"Non è proprio un dramma... È come una sensazione. Hai presente quando la vita che fai ti pare sì la tua, ma senza di te?"

Vai con la mano destra.

"Come no. Quando ti pare di andare sottovuoto. Io dico così."

Andare. Sottovuoto. Andare sottovuoto.

Sento proprio l'aria che mi manca e il corpo che si mette a galleggiare, per conto suo, dentro una specie di sacchetto. E fuori dal sacchetto tutto il mondo.

Potrebbe essere così che si sente Erica? Potrebbe?

E vai con la sinistra.

I primi dieci minuti sono passati.

Le mie unghie brillano, venti e imbarazzate, di fucsia.

Non mi piacciono, ma forse invece sì. Sono talmente poco mie, e al momento io mi sono talmente indifferente che, per contrasto, mi fanno quasi simpatia.

E comunque, grazie a questi dieci minuti, Erica ha una parola chiave perché io possa entrarle dentro.

Ogni tanto, ultimamente, mi sembra di andare, non so come dire: sottovuoto.

Bella, giusta e sua, come espressione.

Per un romanzo ambientato in un supermercato, poi, è perfetta.

Il merito è di Cristina, certo, non del gioco.

Ma non ci fosse stato il gioco, oggi non sarei entrata qui.

Be'.

Insomma.

Vale la pena andare avanti.

4 dicembre, martedì

alba 7.21 – tramonto 16.39

palestra in centro

A Vicarello sì che la palestra era una palestra: era uno dei miei tanti, distruttivi leitmotiv, appena ci siamo trasferiti in città.

In effetti Vicarello vive, a parte l'indispensabile, di campagne e di niente, mentre in centro a Roma la bellezza e il tutto lasciano necessariamente poco spazio a qualcosa di tanto ingombrante come una palestra vera e propria.

"Qui è tutto di sinistra!" mi sfogavo con Mio Marito.

"Pure tu," mi faceva notare lui.

"Ho capito, ma la palestra dev'essere di destra. Sei mai entrato in questa sotto casa? Sembra un centro sociale. Pure la responsabile: una bibliotecaria, pare, con quell'aria intelligente, quelle battute sagaci."

"Sono le cose che di solito cerchi in una persona..."

"Non in palestra! In palestra cerco solo di fare palestra. Di consegnare le mie nevrosi a quella baby-sitter favolosa che è l'attività fisica. Sul tapis roulant accanto al mio non ho nessuna voglia di ritrovarmi una fighetta che rincorre la sua anoressia."

"Anche tu hai avuto problemi di anor..."

"Appunto! Proprio per questo, se si tratta non dico di risolvere i miei problemi, ma almeno di distrarmi, ho bisogno di gente diversa da me. Migliore di me! Non lo capisci? Gente che davvero vada in palestra, quando va in palestra.

Che non mi ispiri nessuna immedesimazione, insomma, che possibilmente non si accorga nemmeno che esisto: non voglio delle disagiate come me, con cui posso scambiarmi dritte sui sonniferi, interpretazioni sui perché della morte di David Foster Wallace e fare a gara a chi ha più nostalgia di lui. Ma andare in palestra proprio no!"

"Ci saranno altre palestre in zona, oltre a questa sotto casa. E comunque fai un po' come credi."

Fai un po' come credi.

È la frase con cui Mio Marito, negli ultimi tempi, chiudeva tutte le discussioni quando diventava evidente che si stava parlando di me e che non c'era margine per ribaltare la questione e spostare l'attenzione su di lui.

È la frase con cui le chiudevo anch'io, le discussioni, quando succedeva l'inverso, e l'attenzione da lui non si poteva spostare su di me.

Fai un po' come credi.

Si diventa così sordi, quando la paura di perdersi supera la voglia di trattenersi...

Comunque.

Fino a giugno ho fatto un po' come credevo: e invece di frequentare il centro sociale mascherato da palestra, per dare alle mie nevrosi la loro baby-sitter, andavo e tornavo a piedi dalle case delle famiglie protagoniste della Mia Rubrica "Pranzi della domenica".

Ore e ore a piedi, per la città.

Da luglio, però, non ho più la Mia Rubrica e non ho più delle case dove andare e da dove tornare.

Ho un'insonnia a cui quella favolosa baby-sitter manca tutte le notti.

E ho dieci minuti da impiegare con qualcosa di nuovo.

PALESTRA GRANDE AL CENTRO DI ROMA: digito su Google, appena sveglia, con le dita ancora un po' stordite dallo smalto fucsia.

Clicco sulla prima voce: palestra Royal Club, in via Barberini.

Fuori piove, fa freddo, ma ormai ci sono.

O meglio.

Ci vado.

Non è esattamente a un metro da casa com'era quella di Vicarello, pensa la me che non si è ancora rassegnata ad abitare dove almeno per un altro anno dovrà abitare, la me che voleva solo avere assicurati la Sua Stradona di campagna, Suo Marito e la Sua Rubrica per tutta la vita. Però non è neanche così lontana da casa, sfida gli spazi ristretti imposti dal centro con delle sale sotterranee, abbastanza grandi e abbastanza di destra, e su uno dei tapis roulant ho intravisto una tizia con due gambe lunghissime, abbronzata come fosse la metà di agosto e con una maglietta con su scritto SENZA SONO MEGLIO, pensa la me che firma il modulo d'iscrizione e che anche oggi porta a casa – insieme a un piccolo asciugamano che ha vinto pescando un numero dal sacchetto di tela che le ha allungato la proprietaria in cambio dell'assegno – i suoi dieci minuti.

5 dicembre, mercoledì
alba 7.22 – tramonto 16.39

il violino

Con quella solita fatica ad alzarmi dal letto e queste insolite unghie fucsia, mi preparo il caffè, lavoro al romanzo, vado per la prima volta nella mia nuova palestra.

Faccio mezz'ora di tapis roulant, un quarto d'ora di cyclette, venti minuti di addominali.

A parte un signore che lavora con un personal trainer per combattere la sciatica non c'è nessuno, tre dei sei televisori sono sintonizzati su *La prova del cuoco*, due su un canale di televendite, uno su Rai Sport: nessuna mia terribile sosia all'orizzonte, la Royal Club per il momento non mi tradisce.

Torno a casa, lavoro ancora al romanzo, sbocconcello una Girella e uno yogurt, come sempre da quando non ho più Mio Marito da imitare, per pranzare e cenare da persona normale – cosa che in verità non mi è mai riuscita un granché bene.

Poi citofona Rodrigo: eccolo qui, bello e complicato, come sempre.

C'è qualcosa dentro di me/ è sbagliato/ ma ci rende simili è il verso di una canzone del gruppo dove suona, gli Afterhours. E dice tutto, per quanto ci riguarda.

"Mio."

"Mia."

Ci conosciamo da un paio d'anni, da quando ha composto la colonna sonora per il booktrailer di un mio romanzo, però è come se la nostra amicizia avesse radici lontanissime.

È nato a San Paolo, in Brasile, vive un po' qui, un po' lì, per il momento a Milano, e quando passa da Roma si appoggia sul nostro divano letto.

Mio: *mio* divano letto.

Ancora non riesco a pensarmi al singolare, tanto più se si tratta di me in relazione a questa casa. Così, nei primi mesi per necessità, forse adesso per pigrizia, questa casa si sta trasformando in un'arca di Noè, un posto dove difendersi da quel diluvio universale che è la solitudine e sbracare tutti insieme, fra animali di specie diverse – soli per scelta, soli per vocazione, soli perché capita, soli perché abbandonati.

Mio Marito e io, a Vicarello, abbiamo vissuto sempre con la porta aperta al possibile: ma quando si richiudeva c'era lui con me. Adesso, quando la porta si richiude, a volte mi sento ancora più sola e più vuota di prima che la aprissi per fare entrare qualcuno.

Certo, sto scoprendo che le persone smarrite hanno un istinto eccezionale per trovarsi fra di loro, facendo lo slalom attraverso le famiglie felici, le coppie che funzionano, quelle che non funzionano più ma comunque vanno avanti, le loro dolci abitudini del weekend.

Però quel vuoto, mentre fra persone smarrite ci teniamo strette, non è detto s'asciughi: quasi sempre s'allarga.

Nei mesi, ai miei amici di sempre si sono aggiunti gli amici degli amici di sempre, poi gli amici degli amici degli amici, e in tanti ormai passano di qui per prendere un caffè, per guardare una partita, per fare ciao. Se ne vanno, tornano, poi se ne vanno di nuovo.

Niente da fare: quando si richiude la porta il vuoto s'allarga.

A meno che, invece di andarsene e tornare, qualcuno non resti, come farà Rodrigo per un paio di giorni.

"Allora? Come va?"
"Tutto male, grazie. Niente uomini, niente lavoro."
"Ma sono i romanzi che scrivi, il tuo lavoro."
"Quella è la mia passione."
"Pensa che fortuna, farli coincidere. Io non me lo scordo mai, quanto sono fortunato a vivere suonando il violino."
Come al solito ha ragione.
"Però la Mia Rubrica mi aiutava a darmi un ritmo. Capisci? Un argine al vuoto, una tabella di marcia. Tanto più da quando..."
"...tuo marito se n'è andato. E basta, dai Chiara! È passato quasi un anno."
"Ok, basta. Comunque: che ti devo dire? Anche la scrittura rischia d'incagliarsi nel vuoto, se non ho paletti per tenerlo buono, per farlo stare al suo posto."
"E allora prova a guardarlo negli occhi una buona volta, il vuoto."
"Sono brutti."
"Chi?"
"Gli occhi del vuoto."
"Povero vuoto. È solo un po' strabico."
"Perché non ci siamo mai innamorati, tu e io?"
"Per non rovinare tutto, credo."
"Già."
"Già."
Andiamo a fare un giro, la pioggia di ieri ha spazzato via tutte le nuvole, il cielo sembra avere inventato l'azzurro da quanto è sicuro di sé.
Rodrigo mi parla del tour esaltante per l'ultimo disco degli Afterhours, *Padania*, di una ragazza finalmente diversa da tutte, di un dolore al braccio, di quanto sia segreto e avvincente il mondo dell'hip-hop.
I primi giorni dopo la telefonata di Mio Marito da Dublino, quando qualcuno mi parlava vedevo solo muoversi la

bocca, ma non riuscivo ad ascoltare. Tuo Marito se n'è andato, Tuo Marito se n'è andato, mi diceva tutto, attorno a me.

Poi è passato un mese, ne è passato un altro, un altro ancora, ne sono passati quattro, cinque, sei, è arrivata l'estate. Gianpietro, dei miei amici di sempre il più amico da sempre, mi ha trascinata con lui e il suo fidanzato del momento a Formentera, e non saprei dire come – perché di fatto ho passato due settimane a fumare da sola in veranda –, davvero non saprei dirlo come è successo, ma è successo: una mattina di agosto mi sono svegliata e mentre il mare faceva il mare, il cielo faceva il cielo, Gianpietro Gianpietro, io me ne sono accorta. Che c'era il mare, c'era il cielo, c'era Gianpietro. E ho scoperto di essere sopravvissuta. Ci sono rimasta un po' male, all'inizio: mi è sembrato quasi di tradire anch'io Mio Marito ricominciando a respirare, a mangiare, a scrivere.

A sopravvivere, appunto.

Ogni tanto cado all'indietro, o forse chissà, prendo una rincorsa.

Fatto sta che ancora mi sorprende, adesso, ascoltare una voce che non è quella della mia testa esausta o del mio cuore sbucciato, mentre parla Rodrigo: è proprio la voce di Rodrigo.

Gli racconto del gioco dei dieci minuti e la cosa succede da sé.

"Incredibile non averlo mai fatto prima," dice lui.

"Non me lo hai mai proposto."

"Nemmeno tu."

Credevo fosse molto più pesante, un violino.

Invece è leggerissimo, a sollevarlo dalla custodia hai paura di fargli male.

In dieci minuti, o giù di lì, Rodrigo riesce solo a insegnarmi la postura: questione estetica più che tecnica, dice. Insomma, bisogna essere belli almeno quanto lo strumento che tieni fra le braccia: bisogna essere alla sua altezza. Poi mi imposta la mano sinistra, con la destra mi fa impugnare l'archetto e me lo fa tirare sulle corde.

Suono a vuoto, il tempo per imparare a digitare le note non c'è, eppure finalmente riesco a immaginare che cosa possa provare Rodrigo ad avere a che fare con qualcosa di tanto lieve e a costringerlo a dare il massimo di sé perché sorprenda lui per primo. Poi chi lo ascolta.

Non è un effetto così diverso da quello che proviamo noi altri, tutti, che a un concerto sappiamo giusto battere le mani a tempo.

Venendo al mondo, riceviamo in dono uno strumento bello: dobbiamo essere alla sua altezza.

Oltre che bello è delicatissimo, quello strumento: nostro, solo nostro, il compito di usarlo con potenza.

6 dicembre, giovedì

alba 7.23 – tramonto 16.39
ultimo quarto di luna 16.33

pancake (alla nutella)

"Pronto?"
"Sono io."
"Ciao tu."
"Ciao Mister Magoo." Così mi ha sempre chiamata Mio Marito. "Che fai?"
"Scrivo."
"Io sono in pausa pranzo. Mi raggiungi?"
"Perché?"
"Devo parlarti, Magoo. Stanotte ho fatto un sogno."
"E?"
"Eravamo a Vicarello, ma nell'orto saltavano due pizotes. Te li ricordi? Quegli animali assurdi che abbiamo visto in Costarica."
"Certo che me li ricordo."
"Ridevamo, nel sogno. E saltavamo con i pizotes. Quando mi sono svegliato, ci sono rimasto di merda."
"Benvenuto anche tu nel mondo dei sogni dopo la fine di un matrimonio. Più sono belli, più al risveglio sembrano incubi."
"Magoo."
"Eh."
"Non deve finire, il nostro matrimonio."
"È già finito."

"Non è vero. Cristo, se ho fatto quello che ho fatto, se sono andato in blackout, non è perché sono un mostro... Ero troppo infelice, Magoo. Troppo."

"Anch'io lo ero. Ma non sarei mai sparita per nove mesi. Non ti avrei mai abbandonato."

"E se proprio il mio abbandono ci desse la possibilità di ritrovarci?"

"Dipende da te."

"No. Dipende da *te*. Da quando avevamo traslocato eri diventata insopportabile, Cristo. Insopportabile. Sempre scontenta, sempre nervosa, sempre più pazza."

"Il cambiamento mi terrorizza, lo sai."

"Ma tu terrorizzavi me."

"Potevi aiutarmi, anziché terrorizzarti. E comunque non credo che le mie angosce per il trasloco siano il motivo, quantomeno non siano l'unico, di quello che è successo fra noi."

"Certo, hai ragione. Il vero motivo infatti è stato la tua crescita, lo sai come la penso. Da quando ti sei messa a scrivere libri, da quando ti hanno affidato quella maledetta rubrica, da quando hai cominciato a sentirti realizzata insomma, ho visto morire un po' ogni giorno la mia ragazzina con le trecce che avevo conosciuto nella sala d'attesa dello psicologo."

"Avevo diciott'anni. Ora ne ho quasi trentasei."

"E non puoi continuare ad averne diciotto, scusa? Dov'è finita la tenerezza di quella ragazzina?"

"Era devastata da un'insicurezza patologica, quella ragazzina."

"Ma era mite. Lo vuoi sapere che cosa, di Siobhan, mi ha fatto entrare in cortocircuito al punto di lasciarti per telefono?"

"No, grazie."

"La sua mitezza. Siobhan traduceva i suoi documenti dall'italiano all'inglese, poi andava a fare yoga in palestra, beveva un aperitivo con gli amici e la sera cucinava dei pancake eccezionali. Tranquillamente, capisci? Senza tutte quelle nevrosi, quelle spiegazioni, quei parliamone, quei certo-fai-così-perché-ammettilo-che-non-accetti-che-tua-madre-sia-scappata-con-la-cartomante di cui hai bisogno tu e con cui mi aggredivi."

"Torna a Dublino da Siobhan, allora."

"Figurati. Il punto non è questo. Il punto è che vorrei facessi tua la mitezza di Siobhan, capisci? È questo che intendo dire, quando dico che il nostro futuro insieme dipende da te."

"Ok. Adesso devo andare, ho un appuntamento."

"Con chi?"

"Con un gioco."

"Che?"

"Lascia perdere."

"Lo vedi che non ci riesci proprio, a essere mite?"

"Ciao."

Le telefonate con Mio Marito mi sfiancano.

Ma ogni volta che il suo nome lampeggia sul display del mio cellulare, io ancora ci spero. Che arrivi finalmente *quella* telefonata:

"Magoo, ho sbagliato tutto, sono stato un povero pazzo, tu sei stupenda, non so vivere senza di te, subaffittiamo la casa di Roma e torniamo a Vicarello. Tu e io. Per sempre".

Una telefonata semplice e chiara: come semplice e chiara è stata quella che mi ha fatto da Dublino.

Chissà perché certi abbandoni sono così netti e certe riconquiste così vaghe.

Io lo so. Lo so che cosa prova, Mio Marito. Lo conosco da diciotto anni e le pause che gli servono, i colpi di tosse, le impennate di arroganza, per me sono parole. Parole d'amore. Ma perché non riesce a dirle? Forse perché ha paura? E precisamente di che cosa? O forse, perché in realtà, no, non è vero. Non lo conosco. O magari lo conoscevo, ma ora non lo conosco più? No, no: no. Questo non è possibile. Conoscere davvero qualcuno è qualcosa di talmente complesso, raro, fatale. Conoscere davvero qualcuno è per sempre.

Suona di nuovo il telefono. E se? Magari? No: sul display lampeggia il nome di Gianpietro.

"Ohi."

"Ciao, tesoro. Era sempre occupato, non mi dire che stavi ancora a perdere tempo con quella Tua Marita..."

Gianpietro è stato il mio primo coinquilino, durante gli anni dell'università. Ora lavora in banca, a Palermo, vorrebbe essere Madonna ma gli basterebbe anche Beyoncé: l'importante è luccicare, è il suo mantra, mentre nel parcheggio della banca, appena stacca, si toglie la cravatta e la giacca del gessato, si passa un po' di rimmel sulle ciglia e si butta al collo un boa blu elettrico.

È convinto che dentro ognuno di noi, soprattutto – non ho mai capito esattamente perché – se fa politica o se gestisce un blog, sia nascosta una diva frustrata, e che il problema della nostra società sia che nessuno lo ammette. Gianpietro sì, e allora ci pensa lui ad aiutare chi non riesce a essere sincero con se stesso, e trasforma tutto (a meno che non si parli di suo padre) al femminile. Qualunque Francesco per lui diventa Francesca, qualunque Nicola è Nicoletta, un albero è un'albera. Mio Marito è Mia Marita. Non sempre gli altri la prendono benissimo.

"Sì, parlavo con lui. Dice che la sua fidanzata irlandese era mite, e che io dovrei imparare da lei. Dice che faceva yoga, beveva aperitivi con gli amici e cucinava degli eccezionali pancake."

"Proprio una tipa da perderci la testa..."

"Infatti lui dice che vuole stare con me. Ma vorrebbe che fossi mite come quella lì."

"'Tieniti la mite, io sono dina-mite.' Gliel'hai detto, tesoro?"

"No, peccato. Come ho fatto a non pensarci."

"Senti, adesso basta con questi toni da Demi Moore abbandonata. Quella almeno stava con la Ashta Kutcher, ha il diritto di stare male. Tu un po' meno. O mi vuoi forse paragonare Tua Marita alla Ashta?"

"..."

"Ah, ecco. Vai avanti con quella follia dei dieci minuti?"

"Stavo appunto pensando a che cosa fare, oggi."

"E prepara delle pancake, tesoro!"

"Ma se non so nemmeno mettere a bollire l'acqua per un piatto di spaghetti!"

"Appunto. Non devi fare qualcosa che non hai mai fatto? Forza. Internet è pieno di siti di ricette anche per incapaci come te. Prova con giallozafferano o con buttalapasta punto it. Così poi chiami Tua Marita e glielo dici: 'Tesoro, non c'era bisogno di andare fino a Dublina, se ti piacevano le pancake. Bastava darmi dieci minuti!'."

"Mi manchi, Gianpi."

"Anche tu. Ma salgo a Roma per Natale."

"Sicuro?"

"Sicura. Sempre che mio padre non si decida ad alzare la cornetta per invitarmi a passare la vigilia con lui, certo. Ma non credo succederà, tesoro. Dopo diciannove anni la vedo dura."

"Mi dispiace."

"A me dispiace per lui che non si gode quella meravigliosa soubrette di sua figlia. Se sapesse che, da quando uso la crema All Day All Year della Sisley, mi danno otto anni di meno... *Otto*, ti rendi conto, tesoro?"

"Me ne rendo conto."

"Potrebbe essere motivo di grande orgoglio, per lui. Poveretto."

"Poveretto. Già."

www.buttalapasta.it

PANCAKE ALLA NUTELLA

Ingredienti (dosi per circa 12 pancake)

125 g di farina
200 ml di latte
25 g di burro
2 uova
15 g di zucchero
6 g di lievito in polvere
2 cucchiai di Nutella
1 pizzico di sale

Grado di difficoltà: facile
Tempo di preparazione: 10/15 minuti

Dividete gli albumi dai tuorli e versate questi ultimi in una ciotola dove unirete il latte, il burro fuso e la Nutella. Amalgamate bene e aggiungete il lievito e la farina precedentemente setacciati insieme. In un'altra ciotola montate a neve gli albumi con lo zucchero e uniteli al composto con un movimento dal basso verso l'alto. Raccomandiamo di non montare gli albumi a neve fermissima ma di lasciarli morbidi, altrimenti si formeranno dei grumi nell'impasto.

Scaldate un padellino dal diametro di 10-12 cm e ungetelo con un po' di burro. Versate al centro un mestolo non colmo di composto e lasciate che si espanda. Quando il pancake sarà dorato giratelo con una spatola o rivoltatelo al volo come una crêpe e fate dorare anche l'altro lato. Togliete il pancake e poggiatelo su un piatto dove impilerete gli altri man mano che sono pronti.

Serviteli cosparsi di un poco di Nutella, ma anche con sciroppo d'acero, frutta fresca e panna.

Non ho un'idea precisa di che cosa sia una spatola, e tantomeno di come vada rivoltata una crêpe.

Ma nel gioco dei dieci minuti non è obbligatorio che riescano, le cose nuove: no.

Basta provarci.

E già fare la spesa per un piatto da preparare è una novità assoluta. Scelgo le uova in base alla confezione che mi piace di più (una da sei, con su una gallinella che sorride a un pulcino e mi pare voglia incoraggiare anche me), per il resto vado a caso, da brava ex anoressica studio le calorie della Nutella e, onestamente, la tentazione di mollare tutto c'è.

Rodrigo stanotte aveva un concerto, rientra verso le quattro e mi trova ancora sveglia, in cucina, a fissare un piatto.

"Che fai?"

"Guardo questi pancake."

"Forse non sono fatti esattamente per essere guardati."

"Ma mi sembrano stupendi..."

"Che hanno di particolare?"

"Li ho fatti io."

"Giura."

Nel frigorifero di Chiara c'è solo la luce è un tormentone che ha inventato proprio Rodrigo. Ed è vero. Anzi, *era* vero: perché oggi ci sono quattro uova, un panetto di burro, un barattolo di Nutella. E del latte fresco: Rodrigo lo tira fuori e prende due tazze, posate e tovaglioli. Riscalda i pancake in forno.

"Nella vita il coraggio è tutto. Assaggiamo, forza."

Potevo mettere meno zucchero. Forse ho fatto l'errore che www.buttalapasta.it raccomandava tanto di evitare e ho montato gli albumi "a neve fermissima", anche se non so precisamente che cosa voglia dire. Comunque l'impasto è pieno di grumi. Tre su dodici, poi, anche se si sforzano, non sembrano proprio dei pancake: sembrano un cazzotto, un salamino e una pozzanghera.

Mangio il cazzotto. Rodrigo mangia la pozzanghera e altri due che, quantomeno a vederli, non lasciano dubbi: sono proprio pancake.

Aveva ragione Gianpietro.

Bastava dirglielo, quando mi ha telefonato da Dublino.

"Amore, ma davvero mi stai lasciando per una che sa fare i pancake? Guarda che posso imparare anch'io. Mi basta poco. Dammi dieci minuti e vedrai."

7 dicembre, venerdì

alba 7.24 – tramonto 16.39

a lezione di hip-hop

E poi, come tutti i venerdì, ecco Ato.

"Vi siete lasciati perché tu volevi un figlio e Tuo Marito no?"

È la domanda che più spesso mi sono sentita rivolgere, in questi mesi.

"No, assolutamente," rispondo.

È vero solo in parte.

È vero perché nessun orologio, dentro di me, si è ancora messo a ticchettare.

Ma non è vero perché da tempo non credevo più che Mio Marito e io ci bastassimo.

O meglio.

"Sei diventata insostenibile, Magoo."

"Anche tu."

"Tu di più."

"No, tu."

"Tu."

"E se li mollassimo, amore mio?"

"Chi?"

"L'io. Il tu. Se ci aprissimo al noi?"

"Che cosa significa?"

Non avrei saputo spiegarlo, ma di certo non significava aprirsi a Siobhan e passare l'estate a preparare mojito a New York.

Comunque, l'esigenza di lasciarsi alle spalle quei due diciottenni egocentrici che a furia di dire "io" avevano convinto l'altro a dire ogni tanto "tu", ma che al momento lo usavano solo come un'arma (TU sei insostenibile, TU non capisci, TU non immagini, TU non sei IO), la avvertivo. Indistinta, ma la avvertivo.

La Città dei Ragazzi l'ho conosciuta per via della Mia Rubrica "Pranzi della domenica".

"Famiglia è dove famiglia si fa" era il sottotitolo della rubrica. Dunque, pur non essendoci un padre e una madre, ma solo tanti figli, la Città dei Ragazzi era un posto necessario da raccontare.

La visione di quel genio di monsignor John Patrick Carroll-Abbing, nel 1953, era stata infatti proprio quella di dare una famiglia ai ragazzi di tutto il mondo a cui, in un modo o nell'altro, la famiglia era stata negata: "Una fraterna comunità, dove giovani, resi cinici dalle loro esperienze negative, avrebbero imparato la difficile arte del vivere insieme in libertà, in mutua tolleranza, in pace; un luogo sereno dove ogni ragazzo asociale avrebbe trovato comprensione per le sue difficoltà e incoraggiamento nello sforzo di elevarsi; un luogo dove il giovane, spronato a sviluppare le proprie qualità, avrebbe potuto progredire giorno dopo giorno". Sono parole sue, di Carroll-Abbing. Che non si è limitato alla visione: ha realizzato un metodo. Perché "nessuno nega che sia una cosa necessaria educare i giovani: alcuni però continuano a sostenere che si può fare senza dar loro responsabilità concrete, senza che abbiano la libertà di predisporre programmi, di fare scelte, cioè di correre il rischio di sbagliare".

La Città di quel rischio non ha paura: e oltre ad accogliere orfani di guerra, rifugiati politici, ragazzi italiani o stranieri dai dodici ai diciotto anni con l'inferno alle spalle e dentro, e a occuparsi di mandarli a scuola, li spinge ad autogovernarsi, a organizzarsi come se vivessero in un municipio. Con tanto di assemblee cittadine ed elezione mensile del sindaco e degli assessori.

Così, alla periferia di Roma, in via della Pisana, la Città dei Ragazzi tutti i giorni si sveglia, nel verde di una campagna sconfinata, contro il nero pesto che può avere il passato, verso i colori insperati che può prendere il futuro.

Avevo passato una settimana particolarmente densa: di storie, conquiste, fallimenti, facce.

Di silenzi.

Quello di Ato, su tutti.

Al momento era stato eletto sindaco per la terza volta di seguito. Aveva un sorriso infranto, diciotto anni, da tre era arrivato dall'Eritrea, da due alla Città. Era diverso da tutti gli altri ragazzi: o forse ci sembrano sempre diverse – anche a guardarle retrospettivamente, attraverso la lente deformata di per sé del nostro primo incontro –, le persone che ormai fanno parte della nostra vita. Chi lo sa. Senz'altro però Ato appare subito fiero, saturnino, irrimediabilmente misterioso.

"Come sei arrivato in Italia?" gli ho chiesto, un giorno che me lo sono trovato seduto a pranzo vicino.

"Per una serie di cazzi," ha risposto lui, che ancora sta cercando le parole per riuscire a raccontare cosa è successo in Eritrea, quando da avere tutto si è ritrovato con meno di niente, su un aereo diretto in Italia.

A me lo ha raccontato uno degli illuminati e infaticabili psicologi che collaborano con gli educatori della Città.

Io non l'ho mai raccontato a nessuno nel dettaglio, nemmeno a Mio Marito.

"Per una serie di cazzi" mi sembra una spiegazione più che sufficiente.

Però.

"Amore, alla Città dei Ragazzi ho conosciuto un ragazzo.

È speciale, credimi. Ha avuto una serie incredibile di cazzi: eppure fa luce. Ha una specie di eleganza dell'anima, ecco."

"Mi stai diventando anche retorica, Magoo? Concluderai la rubrica di domenica prossima con qualcosa del tipo 'dai diamanti non nasce niente, dal letame nascono i fiori'?"

Non ricordo più perché quella mattina, tanto per cambiare, avessimo litigato, e perché lui sentisse ancora il bisogno di farmela pagare.

"Parlo sul serio, amore. Si chiama Ato. L'unica cosa bella di questa nostra nuova casa è che ci sono una camera e un bagno in più, rispetto a quella di Vicarello. Perché non lo ospitiamo, nel weekend?"

"Ma Magoo, dai. Due come noi non riescono a prendersi cura neanche dei loro alluci! Figuriamoci di quelli di un ragazzino."

"È vero, e infatti non ti chiedo di fare un figlio o di adottare un bambino. Ato sarà alto più di un metro e ottanta, è maggiorenne, è bello che formato. Sabato e domenica alla Città dei Ragazzi le assemblee, le attività sportive e tutto il resto s'interrompono. Potremmo aiutarlo a studiare, è iscritto al terzo anno di ragioneria e ha un po' di difficoltà con l'algebra e l'italiano. Fra l'altro la sua scuola è a quattro fermate di metro da qui. Potremmo fargli non dico da mamma e da papà, ovvio, ma, che ne so, da fratelli maggiori... E se funziona potremmo diventare una specie di succursale della Città dei Ragazzi."

Mi pareva un modo come un altro per passare a quel "noi".

Mio Marito non era d'accordo: "Non si risolvono i problemi di coppia risolvendo i problemi di un altro. Si aggiungono solo i suoi problemi a quelli della coppia".

"Ma segno meno più segno meno, in algebra, fa segno più."

Avevamo ragione tutti e due.

Fatto sta che, da lì a poche settimane, lui sarebbe partito per Dublino.

La Mia Rubrica sarebbe stata cancellata.

Nel buio che all'improvviso s'è fatto, è sparito tutto: il dove, il perché, l'io, il tu. Figuriamoci il noi.

Finché, un giorno di fine agosto, Ato mi ha telefonato.

"Ciao Chia', so' Ato, della Città dei Ragazzi. Come stai?"

"Ciao! Io insomma..."

"Cioè?"

"Mi sono successi una serie di cazzi, mettiamola così. Tu come stai?"

"Bene. Volevo dirti che quest'estate ho letto un libro tuo."

"Grazie."

"...è il primo scritto in italiano, a parte quelli di Harry Potter, che non ho mollato a metà. L'ho finito."

"Evviva."

"Sì."

"..."

"..."

"Senti, ma perché non vieni a trovarmi, venerdì? Puoi rimanere da me per il weekend: c'è una camera a tua disposizione. Così ci raccontiamo un po' e poi potremmo andare al cinema. O a mangiare una pizza."

Ha qualcosa da dare, a un ragazzino strappato dalla sua terra e dalla sua famiglia, una donna di trentasei anni a cui è bastato trasferirsi da Vicarello a Roma per andare in tilt e che al momento ha solo una grande confusione a farle da bussola?

Me lo chiedo ogni venerdì, mentre aspetto che arrivi Ato.

Ogni lunedì, quando torna alla Città dei Ragazzi, la risposta non la trovo: ma la domanda nel frattempo si è sciolta nelle chiacchiere, nelle passeggiate, nei compiti, nelle serie televisive in dvd con cui ci siamo drogati.

E allora non so se ho qualcosa da dare, ma sicuramente

prendo: fosse solo l'ispirazione per lavarmi, mangiare (seppure sempre e solo al McDonald's per colpa della mia incapacità ai fornelli) e darmi un colpo di reni perché si lavi, mangi e si dia un colpo di reni lui. E soprattutto, a lampi, quando s'addormenta in poltrona con la bocca aperta di fronte a una puntata dei *Simpson*, o quando s'incanta su un esercizio di diritto e chissà a che cosa pensa, chissà con quali fantasmi impossibili lotta, finché non si accorge che lo sto guardando, mi guarda, allarga gli occhi di moquette nera e sorride, ecco: soprattutto, a lampi, da Ato prendo quella speranza.

La speranza della possibilità di un noi. In generale, nel mondo. In particolare, per me.

"Ciao Ato."

"Ciao, Chia'."

"Devi studiare tanto?"

"Sì. Italiano, Diritto e Storia."

"Ok, ma prima c'è una cosa da fare."

"Cosa?"

"Ora ci pensiamo. L'importante è che duri dieci minuti."

Spiego il gioco ad Ato.

Fuori piove, piove e piove. Di uscire non se ne parla.

"Possiamo cercare sopra a Internet una cosa da fa'," propone lui, che ha ormai preso confidenza con il dialetto romano, ma ha un italiano ancora un po' pericolante.

"Giusto." Rifletto.

"Giusto." Riflette.

"Hai presente Rodrigo, il mio amico violinista?" Continuo a riflettere.

"Certo." Piano piano Ato li sta conoscendo tutti, gli animali smarriti della mia arca di Noè.

"È partito da qui stamattina."

"Come sta?"

"Bene... È completamente conquistato dall'hip-hop."

"Alla Città dei Ragazzi io passo le ore a guarda' alla televisione i video di quelli che ballano lo hip e lo hop."

"È difficile, secondo te, da imparare?"

"Molto."

"E per chi, come me, non ha mai ballato nemmeno un lento in vita sua?"

"Troppo."

Sistemiamo il mio portatile in salotto, perché ci sia spazio abbastanza per ballare, o per quello che sarà.

LEZIONE HIP-HOP PER PRINCIPIANTI digito su YouTube.

E compare lei. Avrà sì e no dodici anni, un musetto da gattina, una maglietta piena di stelle, pantaloni della tuta e calzettoni colorati. Flacavi: è questo il suo nome di battaglia.

"Ciao ragazzi, sono io, Flacavi!" urla alla telecamera, in uno dei tanti video che portano il suo nome. È nella sua stanza, ma è come fosse su una galassia lontana, irraggiungibile, animata da un'unica, precisa volontà: insegnare l'hip-hop al resto dell'universo.

"Oggi vi farò vedere una lezione base," dice. "Iniziamo con il riscaldamento, che è una cosa fondamentale. Il riscaldamento lo dovete prendere sul serio, perché se non siete ben riscaldati potreste, facendo il freeze o altre cose, farvi molto male."

Ato e io ubbidiamo: prendiamo il riscaldamento sul serio.

Giriamo la testa a destra, a sinistra. "Svariate volte", come raccomanda lei. Poi sciogliamo le spalle, le braccia. Sempre svariate volte.

Flacavi freme: vuole passare alle cose serie.

"Adesso vi insegnerò a fare le waves, cioè le onde. Si inizia tirando su una spalla, poi il gomito, poi..."

Lì per lì ci pare facile starle dietro. Ma appena Flacavi

comincia, velocissima, a muoversi, e sembra che una scossa elettrica le passi, naturalmente sinuosa, per le braccia, noi la contempliamo incantati. Fermi.

Quando aggiunge anche le spalle e il busto, poi, e ci incita ad avere "grinta e stile", con il suo metro e ottantasei Ato s'intreccia su se stesso e si perde subito. Con il mio metro e sessantaquattro io, al massimo, salto su una gamba e spalanco l'altra.

"Volete imparare altre mosse? Be', seguitemi nel prossimo video. Ciao da Flacavi!" ci saluta la nostra maestra, alla fine della lezione.

"Possiamo guarda' di nuovo tutto, da capo?" chiede Ato, piuttosto avvilito.

"Certo che possiamo. La regola del gioco è arrivare a dieci minuti. Niente vieta di superarli."

Passiamo con Flacavi tutto il pomeriggio.

Lei è davvero un portento.

Noi siamo davvero un disastro.

Alla fine, dopo aver guardato sei volte tutti i suoi video, esausti, ci buttiamo sul divano.

"Ho fame," fa Ato. "Andiamo al McDonald's?"

"Niente Mc, oggi. Ti preparo dei pancake."

"Tu?"

"Io, sì."

8 dicembre, sabato

IMMACOLATA CONCEZIONE

alba 7.25 – tramonto 16.39

di spalle, camminando

E oggi come li ammazzo i miei dieci minuti?

Mi sveglio con questo pensiero, stamattina.

Ancora prima di controllare se nella notte Mio Marito mi ha mandato un sms, ancora prima di angosciarmi per il nuovo romanzo che forse procede ma forse no, ancora prima di telefonare ai miei genitori e chiedere che cosa succede a Vicarello, che cosa dice la signora dell'edicola, che novità ci sono fra il barista e la sua fidanzata umorale: come li ammazzo i miei dieci minuti?

Penso.

E un po' sorrido.

Un po' mi spavento.

Vicarello, la Mia Rubrica, Mio Marito sono i peluche con cui da più di un anno mi addormento, stretta, e stretta mi risveglio.

Puzzano e non hanno più il pelo morbido: ma quando prendi l'abitudine a un peluche è dura rinunciarci.

Metto su il caffè, mi osservo le unghie, lo smalto fucsia comincia a screpolarsi: è ora di toglierlo.

Magari posso provarne uno verde, penso.

E un po' sorrido.

Un po' mi spavento.

Ato mi raggiunge in cucina, facciamo colazione.

È il giorno dell'Immacolata, ieri gli ho promesso che saremmo andati alle bancarelle di piazza Navona: da stamattina fino all'Epifania saranno lì a garantire zucchero filato, statuette per il presepe, palline di vetro colorato, angeli di marzapane.

A garantire il Natale, insomma.

Che pure se io non ho più Mio Marito, la Mia Rubrica e la Mia Casa di Vicarello, se ne frega, e anche quest'anno sgomita, sta per arrivare. Un'ingiustizia bella e buona, da parte sua.

Ma: "In Eritrea, a casa, facevamo sempre un albero bellissimo," mi ha buttato lì Ato, ieri sera, divorando pancake. Stavolta leggermente bruciacchiati: senza grumi nell'impasto, però.

"Mio Marito e io, invece, a Natale scappavamo da tutto e da tutti. In Cambogia, in India, in Cile. Per quasi vent'anni abbiamo girato il mondo, fuggendo dalle cene di Natale, dai pranzi. Dai presepi e dagli alberi," gli ho confidato io.

"Perché?" Ato ha sgranato gli occhi enormi. "Il Natale è stupendo!"

È stupendo evitarlo insieme a chi ami: e quella fuga sì, che diventa davvero Natale. Ho pensato.

E tutti e due siamo andati con la testa, passando dal cuore, lontanissimo.

Poi.

"Chia'?"

"Cosa?"

"Però, pure se al Natale non gli vuoi tanto bene, domani lo facciamo l'albero, no?"

La pioggia di ieri ha spazzato via tutte le nuvole.

È una giornata fredda e brillante, perfetta.

Ci incamminiamo verso le bancarelle, da casa ci vorranno venti minuti.

L'idea arriva così: senza chiedere permesso, come tutte le idee.

"Ato?"
"Sì."
"Vorrei camminare di spalle."
"Che?"
"Per dieci minuti."
"Ma è pericoloso!"
"Tu mi tieni sottobraccio e mi guidi, così non cado."
Ride: e quando succede è sempre come se una carezza mi arrivasse fino a lì, dentro e ancora più giù, dove fa male.
Mi giro di spalle e lo afferro sottobraccio.
Facciamo un passo. Ride ancora. Un altro passo. Ridiamo.
"Attenzione: gradino. Destra. Sinistra," mi indica Ato.
Mentre io, di spalle, vedo le facce delle persone di cui vedrei le nuche, vedo la strada che ho fatto anziché quella che farò, vedo i negozi scivolare via, anziché venirmi incontro.
Non mi suggerisce niente, come sensazione: ma forse proprio per questo è piacevole.
Mi mette addosso una specie di allegria scema.
"Credevo che gli altri ti guardavano e pensavano come sei matta!" dice Ato. Stupito che nessuno si stupisca, fra tutti quelli che camminano normalmente, a vedere qualcuno che cammina al contrario.
Gli racconto di Flaiano e di un certo marziano che a Roma, dopo due giorni di clamore, poteva passeggiare serenamente per la città, nella noncuranza generale, extraterrestre e indisturbato.
"È una cosa buona che Roma si comporta così, coi marziani e co' quelli che camminano strani?" chiede lui.
"No, perché li fa sentire soli. A Vicarello, dove abitavo prima, se sei un marziano vieni molto coccolato."
"Però io sinceramente preferisco chi se ne frega se so' negro, a chi mi coccola perché so' negro."
"Questo è un altro discorso."
"Forse."
"Sicuramente."

Continuiamo la nostra passeggiata marziana.
Per quattro.
Sette.
Dieci minuti.
Finché il timer che Ato ha programmato sul telefonino non squilla e ci annuncia che l'impresa è compiuta.
Mi giro, ci battiamo il cinque.
Arriviamo a piazza Navona con un passo soffice, ancora complice del passo marziano.
"Chiara?" mi sento chiamare, mentre a una bancarella stiamo valutando se prendere palline piccole, medie o grandi.
È una donnina minuscola, fasciata d'arancione, con un'acconciatura a panettone, biondo platino, e gli occhi accesi.
Non la riconosco subito, ma ha un'aria vagamente familiare.
"Sono Morena! Morena Torpedoni!"
Ma certo. I Torpedoni.
Avrò pranzato con più di mille famiglie, negli anni della Mia Rubrica.
All'inizio ero io a cercarle: perché qualcuno mi aveva raccontato di una coppia particolarmente eccentrica o perché sul giornale avevo letto una notizia curiosa.
Poi hanno cominciato a segnalarsi da sole, sul sito del settimanale, le famiglie che desideravano raccontare attraverso la rubrica la loro straordinaria normalità.
Famiglie allargate, omosessuali, separati in casa, innamorati che per preservare il loro legame preferivano vivere ognuno a casa sua, anche in una vera e propria comune sono stata.
Ho incontrato tanta, tanta gente.

E ogni volta, finita la settimana, avevo la vaga impressione che la gente con cui avevo pranzato conoscesse quel segreto che per me e Mio Marito si faceva sempre più impenetrabile: come si fa a volersi bene senza farsi troppo male, fondamentalmente.

Kevyn e Morena Torpedoni erano stati fra i primi protagonisti di "Pranzi della domenica".

Vivono in un pullmino giallo, gestiscono uno stand per il tiro al piattello al luna park. Si sono conosciuti al circo, dove lei faceva la trapezista e lui puliva le piste fra un numero e l'altro, silenzioso come un sasso, ma poi passava la notte a scrivere poesie. Per lei. Gliele faceva trovare sullo specchio del camerino, ogni mattina. La famiglia di Morena, venuta fuori la tresca, si era subito opposta: voleva che Morena sposasse uno di loro, un circense. Ma Morena si era innamorata. E una notte, mentre il circo stava smontando le tende per trasferirsi da Parigi a Lione, era scappata con Kevyn Torpedoni, uno sguattero secondo i genitori, un poeta secondo lei, di fatto l'uomo che il giorno dopo sarebbe diventato suo marito.

Ora ricordo tutto, chiaramente.

"Come stai?" mi chiede Morena.

"Insomma."

"Non immagini quanto sia dispiaciuto a me e a Kevyn non trovare più la tua rubrica sul giornale."

"Già."

"Da una settimana all'altra, poi."

"Già."

"E per sostituirla con che cosa? Con una posta del cuore! Per giunta affidata a quella cretina... Com'è che si chiama?"

"Tania Melodia."

Il direttore ha deciso così, mi dispiace, mi aveva informato la caporedattrice. Ma come?, avevo reagito io. Senza nemmeno discuterne con me? Perché? Perché per andare avanti una rivista deve saper cambiare, mi ha risposto lei. E chi prenderà il mio posto?, ho chiesto io. Tania Melodia. Chi?! Non fare la snob, Chiara, dai: era anche questo uno dei problemi della tua rubrica. Tania Melodia è la vincitrice morale dell'ultima edizione del *Grande Fratello*. La conoscono tutti.

Una tipa pop, certo. Ma anche rock, a modo suo. Una che è stata novantadue giorni nella Casa e ha avuto tre storie, di cui due nello stesso momento, rivendicando per noi donne la possibilità di comportarci esattamente come gli uomini.

"Fa la televisione, no?" insiste la Torpedoni.

"Sì. È la vincitrice morale del *Grande Fratello*."

"È quel programma dove le baby-sitter insegnano ai genitori a occuparsi dei figli?" Nel pullmino giallo i Torpedoni non hanno la televisione, ma non se ne fanno né un problema né un vanto.

"No, quello è *S.o.s. Tata*."

"Ah. Comunque ci manchi, Chiara."

"Anche a me manca la rubrica, Morena."

"Quando esce il tuo nuovo romanzo?"

"Ci sto lavorando."

"Bene. Ti ho vista, sai, prima. Che camminavi di spalle. Ti ho subito indicata a Kevyn: quella è Chiara!, gli ho detto. E lui ha inventato una poesia delle sue, così, su due piedi."

"Cioè?"

"*Finché ci sarà qualcuno che cammina di spalle, i criceti s'innamoreranno e noi ci racconteremo meno balle*," recita, ispirata.

Ato ha assistito a tutta la conversazione, pensieroso e in silenzio, come suo solito.

La sera, mentre attacchiamo le palline sull'albero, grandi alla base e sempre più piccole man mano che saliamo verso la cima, mastica: "Magari Roma fa solo finta di fregarsene, se c'è un marziano. Non lo vuole disturba', ma nella verità, poi, gli scrive una poesia".

No, no: Roma se ne frega e basta, Roma non è Vicarello, gli avrei risposto una settimana fa.

Ma ora appendo una pallina. Lo guardo. Mi sorride. Gli sorrido.

"Magari sì. Chissà."

9 dicembre, domenica

2ª D'AVVENTO

alba 7.26 – tramonto 16.39

la stradina di vermeer

"Buongiorno, Ato."
"Buongiorno, Chia'."
"Già in piedi?"
"Domani quella d'Italiano interroga. Devo studiare un botto."
"Che cosa?"
"Il Seicento."
"Tutto insieme?"
"Sì. I fatti salienti, le contraddizioni e le opere d'arte." Ripete testualmente il titolo del capitolo della sua antologia.
"Di tutto il mondo?"
"In Italia, Inghilterra e Germania."
"E in Olanda?"

La mostra di Vermeer ha aperto circa un mese fa, alle Scuderie del Quirinale.

È a pochi passi da casa nostra. Insomma, mia.

Ma se penso a una mostra, ecco: si fa davvero inverosimile per me parlare al singolare.

Perché sono la passione di Mio Marito, i quadri.

Oltre a fuggire dal Natale, i nostri viaggi per il mondo si

sforzavano sempre di trovare ricambiato il mio amore per la natura e il suo per le opere d'arte.

Io cercavo animali strani, saline, foreste pluviali, deserti: e lo prendevo per mano.

Lui cercava musei, cattedrali, capolavori: e mi prendeva per mano.

Se la nostra, come ogni giorno minaccia di fare, si rivelerà una fine e non solo una crisi, chi lo porterà per boschi?

Chi mi porterà per musei?

Chi si occuperà di tutte quelle parti di noi che diciotto anni fa è stato l'altro a inventare, che per diciotto anni è stato l'altro a tenere in vita?

Me lo domando tutti i giorni.

Me lo domando ora, mentre con Ato entro alle Scuderie e prendo due audioguide, studio il catalogo. Cose che hanno sempre fatto tutte le persone che non erano me, quando, fino a oggi, visitavo una mostra: perché tutte le persone che non erano me non avevano la fortuna di stare con Mio Marito. Più preciso di qualsiasi audioguida, più appassionato di qualsiasi catalogo.

Respiro. Inspiro.

"L'Olanda del diciassettesimo secolo è un paese dove la ricchezza è diffusa e poco concentrata. Il livellamento calvinista impedisce che nascano regge nobiliari sul tipo di quelle diffuse in Italia o in Inghilterra,"attacca l'audioguida. La odio. Odio me che ho bisogno di questa voce metallica per orientarmi qui dentro. Ma Ato la ascolta attento: l'idea di portare alla professoressa d'Italiano una tesina sul più grande pittore del Seicento lo eccita. "Stavolta ci scappa l'otto," mi ha detto uscendo di casa.

Ci dividiamo per le stanze delle Scuderie, ognuno con il suo aggeggio.

Mio Marito mi manca a ogni angolo, in ogni quadro.

Tutti i nostri viaggi, tutte le avventure, i graffiti cinesi che mi ha aiutato a interpretare, i lemuri che l'ho aiutato ad accarezzare, si danno d'un colpo appuntamento, dentro di me.

E davanti a *La stradina* la nostalgia si fa intollerabile.

"Eccoci giunti a *La stradina*: è il grande capolavoro dell'artista olandese," recita la voce metallica.

"Fin qui perfino io ci arrivavo da sola, grazie," sibilo.

Eccoci giunti, comunque.

Eccomi giunta.

"In questo mirabile quadro Vermeer ci offre molta della bellezza poetica di Delft, le sue strade tranquille, gli edifici pittores..."

Non ne posso più, mi strappo l'auricolare. Faccio un cenno ad Ato.

"Vieni a chiamarmi fra dieci minuti esatti?"

E mi piazzo lì.

Ferma.

Davanti al "grande capolavoro dell'artista olandese".

Senza l'audioguida, senza consultare il catalogo.

Senza Mio Marito.

Che cosa vedo?

Le strade tranquille di Delft, i suoi edifici pittoreschi: certo.

Le facciate di mattoncini rossi, i portoncini di legno, le imposte. Una donna ricama nella sua stanza, un'altra, in un vicoletto, è tutta indaffarata a pulire, due bambini giocano, accovacciati a terra.

Passa un minuto.

Ne passano due.

Tre.

Non so più quanti ne passano, quando eccola.

Ma sì, sì. Eccola.

Mi appare: la vita. Che scorre, semplicemente. Lungo questa stradina di Delft. Scorre. Per le due donne, per i bambini.

Per tutti.
Implacabile.
Sempre uguale.
Implacabile perché sempre uguale.
Perché sempre uguale, a tratti bellissima.
E improvvisamente capisco, so.
Che non sono i viaggi per il mondo, non sono i deserti immensi, le cattedrali, gli eserciti di terracotta, i panda, i canyon con Mio Marito che mi mancano: no. Non sono "i fatti salienti, le contraddizioni e le opere d'arte". Ma è quella cosa lì che mi manca.
La nostra vita sempre uguale.
Bellissima.
Implacabile.
Ato mi tocca leggermente una spalla: sono passati dieci minuti.

10 dicembre, lunedì

alba 7.27 – tramonto 16.39

alla laurea di una sconosciuta

È di nuovo lunedì.

A colazione Ato mi fa *quella* faccia. La faccia del lunedì mattina, appunto. E io la faccio a lui.

"A venerdì, Chia'," mi saluta, prima di andare a scuola.

"A venerdì, Ato."

"A venerdì," ripete, dondolandosi su un piede, sull'altro, con lo zaino sulle spalle.

"Senti, Ato."

"Sento, Chia'."

"Perché non chiami il tuo responsabile e gli chiedi se puoi restare fino a domani? Oggi devo assolutamente comprare le luci per l'albero, ma devo anche assolutamente andare alla laurea di Elisa. Insomma, sarebbe un grande conforto se dell'albero te ne occupassi tu."

"Vero?"

"Vero."

E anche se non è vero (perché da quando lo abbiamo montato, ogni volta che passo davanti a quel dannato albero, in salotto, ho solo la tentazione di prenderlo a calci, assieme al Natale che ogni giorno mi fa un dispetto in più, perché di più si avvicina, e figuriamoci se mi interessa mettergli addosso pure le luci), è vero. Perché mi è di grande conforto dare alle nostre facce da lunedì il piccolo conforto di un'altra sera insieme.

E così lui va a scuola, io lavoro al romanzo, vado in palestra.

Alle due ho l'analisi.

"Come va, Chiara?"

"Dottoressa, boh."

"Boh?"

"Sto provando a farlo, sa, il gioco dei dieci minuti."

"E?" La T. non sembra turbata dal mio aver preso così sul serio quella che magari voleva essere solo una provocazione.

"E boh, appunto. Fondamentalmente, rispetto agli ultimi mesi, mi ritrovo con molto meno tempo per me stessa."

"In che senso?"

"Trovare una cosa nuova al giorno da fare non è facile. E mentre mi sforzo, va da sé: ho meno tempo per realizzare davvero come sto, tanto che a tratti sento come una piccola vertigine."

"È un bene?"

"Non saprei. A volte, l'impotenza di fronte a tutto quello che mi è successo mi manca. Mi manca svenirci dentro, all'impotenza. Il contatto con la mia parte più autentica a cui mi porta quello svenimento."

"Non è detto che si debba svenire di dolore, per entrare in contatto con se stessi. O comunque non è detto che, una volta svenuti, non ci si possa risvegliare."

"Mmm."

"Ci pensi."

"..."

"..."

"Comunque c'è una novità."

"Sarebbe?"

"Il romanzo sta prendendo forma. Comincio proprio a sentirlo... suonare, ecco. E scrivo, scrivo. Scrivo."

"Curioso, no? Prima mi dice che per colpa del gioco dei

dieci minuti ha meno tempo per se stessa e ora mi dice che ha finalmente trovato il tempo per scrivere."

"Curioso, vero."

"..."

"..."

"Poi?"

"Poi cosa?"

"È successo qualcos'altro di nuovo, in questa settimana?"

"A parte provare lo smalto fucsia, iscrivermi in palestra, suonare il violino, cucinare i pancake, ballare l'hip-hop, camminare di spalle e fissare un quadro di Vermeer?"

"Eh."

"Sì. In effetti sì. È successo che mi sono messa a ridere. Ha presente, quando capita e non sai nemmeno spiegarti il perché, ma proprio per questo continui? Ecco. Mi è capitato almeno due volte e mezzo, in una settimana. Mentre camminavo di spalle sottobraccio ad Ato e mentre provavo a stare dietro alla mia maestra di hip-hop. E un po' mi è successo anche quando il primo pancake che ho provato a rivoltare in padella mi è caduto per terra. Anzi, a dirla tutta su un piede."

"Da quant'è che non le capitava?"

"Di ridere così, solo perché mi veniva?"

"Eh."

"Da undici mesi."

"Vada avanti, Chiara, mi raccomando."

"Ci provo. Ma ancora mi sfugge il significato profondo del gioco. È un invito a cambiare i nostri schemi mentali, giusto?"

"Più o meno."

"Appunto. Mi sfuggono quel più e quel meno."

"...suo marito che cosa dice, del nostro gioco?"

"Sinceramente non gliene ho parlato nel dettaglio. Non so perché."

"..."

"Forse perché è la prima cosa che sto facendo da sola, senza di lui. C'è stata anche l'estate a Formentera con Gianpietro, c'è Ato, ci sono le bollette... ormai faccio quasi tutto da sola: certo. Ma Mio Marito conosce Gianpietro, conosce Ato, ci siamo sempre divisi le bollette e sento comunque la sua presenza, in quei casi. Insomma, lui conosce quella Chiara. La conosce come nessun altro."

"La Chiara con lo smalto fucsia e che cucina pancake non la conosce, invece."

"No. E mi chiedo di continuo se gli piacerebbe."

"Che cosa si risponde?"

"Che per capirlo dovrei fare conoscenza io per prima, con questa Chiara. Anch'io non la sento molto intima."

"Giusto."

"Ma..."

"Sì?"

"Dottoressa."

"Chiara."

"Conoscere davvero qualcuno è qualcosa di talmente fatale che..."

"Che?"

"Che quando succede è per sempre. No? Insomma, si può anche evolvere, cambiare. Ma l'anima rimane quella."

"Credo di sì."

"Quindi Mio Marito e io non potremo mai essere due estranei."

"Se quelle che chiama anime si sono davvero intese, no."

"Lei come la chiama?"

"Che cosa?"

"L'anima."

"A volte la chiamo proprio così. Anima. A volte Io profondo. A volte Primario."

"Primario mi piace... Ecco: sì. Di questo sono certa."

"Di che cosa, Chiara?"

"Il mio Primario e quello di Mio Marito sono legati im-

prescindibilmente. Anzi. Forse, insieme, formano un Primario solo."
"Questo è vero. È senz'altro vero."
"Già."
"Vada avanti con i dieci minuti, mi raccomando."

Dallo studio della mia analista mi precipito alla Sapienza.
Elisa18: è così che ho memorizzato sul mio cellulare, sette anni fa, il numero di quella ragazzina tutta riccioli biondi, enfasi e occhi spalancati che mi si era avvicinata alla fine di un corso d'orientamento pre-universitario organizzato dal suo liceo, dove professionisti di vario genere raccontavano croci e delizie del loro lavoro.
Io ero stata chiamata per testimoniare i pro e i contro di quando una passione si trasforma in una professione.
Alla fine mi si era avvicinata lei.
Parlava velocissima, senza prendere il respiro, mulinava le braccia e mi diceva grazie, perché il coraggio di scegliere Lettere all'Università pensava di non averlo, ma ora forse sì, l'aveva trovato: "Scusa, ma secondo te basta, per iscriversi a Lettere, amare la letteratura, o dovrei anch'io avere un talento? Perché io non lo so se ce l'ho, tu prima di iscriverti all'Università già lo sapevi? E come hai fatto a capire che quello che sapevi non era una bugia, ma era esattamente quello che più ti avrebbe soddisfatta? Ma? Quando? Come? Perché? Perché?".
Mi si era aggrappata al braccio e continuava a mitragliare domande. L'ho amata subito. Non mi è stata semplicemente simpatica: no. L'ho proprio amata. Come si ama un cucciolo che appena incroci il suo sguardo senti che diventerà per sempre tuo, come si ama un panorama che ti ricorda una certa estate, come si ama una sorella minore quando la vedi per la prima volta al di là del vetro della nursery. Ho riconosciuto nella foga di quella diciottenne la mia, alla sua età, nelle sue

paure le mie, la sfrontatezza del suo sorriso luminoso mi ha stordita e mi è arrivata dentro, precisa, quella certezza che ho provato poche volte nella vita.

Questa persona non fa finta: sente *davvero* solo ed esclusivamente con il suo cuore, pensa *davvero* con la sua testa.

Mi è venuto da abbracciarla e incitarla a continuare a essere così: ma anche da proteggerla, perché il mondo sa essere feroce con chi gli oppone *davvero* un pensiero, *davvero* un sentire.

Le ho dato il mio numero di telefono, ho memorizzato il suo: come Elisa18, appunto.

E oggi? Oggi Elisa di anni ne ha venticinque.

Dal nostro primo incontro non ho mai smesso di tifare per la sua energia sopra le righe, per la sua furia azzurra, per i suoi perché.

È la prima a cui faccio leggere, ancora in bozze, i miei romanzi, era la prima che leggeva gli articoli della Mia Rubrica.

E oggi? Oggi si laurea.

Mi commuove ripensarla diciottenne, all'ultimo anno di superiori, agitata dalle infinite possibilità che le balenavano davanti, prima che si sciogliessero ed evaporassero in una sola: la sua scelta.

Entro alla facoltà di Lettere, Scienze Umanistiche e Studi Orientali della Sapienza, giusto in tempo perché tocchi a lei.

Non sono la sua unica tifosa: siamo tanti, stipati nell'aula.

Perfino la professoressa, severa e composta, mi pare nasconda un debole per questo esserino biondo sempre alla ricerca.

La rappresentazione dei personaggi femminili in "La joie de vivre" di Émile Zola, è il titolo della tesi di Elisa. Che comincia a discuterla, velocissima, mulinando le braccia, accendendo al massimo dei watt le lampadine che ha al posto degli occhi.

La professoressa le fa una domanda, lei risponde. Altro

che Zola: sembra averla inventata Elisa, la *joie de vivre*, sembra trasmetterla con l'ostinazione positiva di tutta la sua persona.

E quando il centodieci e lode è proclamato, è festa.

Mi si aggrappa al braccio, proprio come sette anni fa: "Vero che non te ne vai subito? Vieni all'aperitivo, vero? Vero che, pure se odi i locali trendy, quello che ho scelto lo amerai? Vero?".

Come dirle no.

"Dammi dieci minuti e vi raggiungo."

Perché la giornata avanza. E io ho la mia piccola missione quotidiana da portare a termine.

Mi guardo intorno, in cerca di idee.

Una ragazza strizzata in un tubino rosso, su un paio di tacchi sottili e altissimi, con la tesi sotto il braccio, sta entrando nell'aula da cui è appena uscita Elisa. Dietro di lei un paio di amici, i genitori. E io.

La madre della laureanda mi sorride, chissà per chi mi ha scambiata. Io striscio, silenziosa, vicino alla porta: fra dieci minuti uscirò, quantomeno non vorrei disturbare.

La ragazza in tubino freme. Tanto, fino a pochi minuti fa, la tensione e l'emozione di Elisa erano mie, quanto quelle della ragazza in tubino le osservo con distacco, mi sembrano quasi ridicole. È solo una laurea, e che sarà mai, penso – io che, mentre Elisa discuteva di Zola, mi sono asciugata gli occhi almeno tre volte.

Quant'è assurda la vita, quando non tocca a noi.

Comunque.

La tipa in tubino comincia a discutere la sua tesi: è un'analisi dei romanzi contemporanei che in qualche maniera si rifanno a *Madame Bovary* di Flaubert. La discute in francese, non capisco niente e rubo sì e no qualche concetto, la tipa ha un tono di voce odiosamente monocorde, mi sforzo per tenere gli occhi aperti, continuo a fissare l'orologio perché i dieci minuti passino in fretta, ma niente: ne sono passati ancora solo quattro.

Assurda e noiosa la vita, quando non tocca a noi.

Ma non faccio in tempo a pensarlo che interviene il relatore: "E di Berthe Bovary, la figlia di Emma, che cosa possiamo dire?".

La laureanda passa all'italiano: "È un personaggio diametralmente opposto rispetto alla madre".

"Cioè?"

"Madame Bovary non è mai sazia di quello che ha e non ne riconosce il valore, invece a Berthe basta poco."

"Già," fa il professore. "E una minore intensità di aspirazioni senza dubbio permette a Berthe una maggiore coincidenza con la propria vita."

È come se qualcosa di freddo mi toccasse.

Mi dimentico di controllare l'orologio, assisto a tutta la laurea della sconosciuta in tubino.

Ci rimango addirittura male, quando le viene assegnato solo un centotré.

Poi raggiungo Elisa e i suoi amici all'aperitivo.

Una minore intensità di aspirazioni senza dubbio permette una maggiore coincidenza con la propria vita.

Certo. Certo che è così.

Ma il punto è: come?

Come si fa?

Dovevo accettare, quietamente, che Mio Marito negli ultimi tempi fosse sempre stanco, sempre distratto? Se avessi aspirato a una minore complicità, non lo avrei fatto scappare a Dublino? Se non mi macerassi con la nostalgia per Vicarello e per la Mia Rubrica, coinciderei di più con la mia vita? Ed è quella cosa, che chiamano felicità? O è il modo per rinunciarci a prescindere, alla felicità? Dunque dobbiamo scegliere? Tutti? Felici come Emma o felici come Berthe? Infelici come Emma? Come Berthe?

11 dicembre, martedì
alba 7.28 – tramonto 16.39

www.youporn.com

Ato stamattina è andato a scuola, poi tornerà direttamente alla Città dei Ragazzi, e io lavoro al mio romanzo. Lavoro e lavoro.

Non lo speravo, non ci credevo: ma ormai ci sono dentro.

La scrittura per me è un po' come il sesso con qualcuno che ami e conosci nel profondo.

Non sai se ne hai ancora davvero voglia, temi di non avere più niente di così interessante da dare, temi che non ci sia niente di nuovo da scoprire. Poi però cominci a farlo, smetti di temere e spontaneamente dai, spontaneamente scopri. Vieni.

A Mio Marito ho dato il mio primo bacio, con lui è stata la mia prima volta.

In diciotto anni ci siamo presi, allontanati, nascosti, rincorsi e alla fine sposati.

Ho avuto qualche altra storia, nei periodi di distanza da lui, ma mai niente che smettesse di farmelo rimpiangere.

Ogni volta che ci ritrovavamo eravamo pronti per essere più intimi, più scoperti, più innamorati.

E il sesso fra noi era sempre qualcosa di naturale e intenso.

Finché non lo so com'è che è successo.

Non lo so com'è che succede.

Ma i corpi hanno preso a smagnetizzarsi.

Se partivamo, fosse solo per un fine settimana, se evadevamo dalla realtà così com'era diventata, eccoci di nuovo curiosi, arrapati, divertiti, divertenti, malinconici: noi.

Però appena tornavamo a Roma, nella nostra nuova casa, la Casa da Grandi, era come se le mani, le gambe, le lingue cadessero preda di una specie di scaramanzia.

Qualcosa che c'entra con Emma e Berthe Bovary, credo.

Qualcosa del tipo "Se tocchi quella persona sarai davvero soddisfatto e felice una volta per tutte, e qualcosa di te morirà per sempre".

A Vicarello vivevamo come due eterni studenti fuori sede: a pochi metri di distanza i miei genitori vegliavano su di noi o ci minacciavano, a seconda delle giornate. La colpa di quello che fra noi non andava poteva essere loro, il merito era solo nostro.

A Roma, invece, è subito cambiato tutto.

Tornavo dopo avere attraversato a piedi questa tremenda città per la Mia Rubrica, mi buttavo sul divano e attaccavo a lamentarmi di quant'ero stanca e di quanto mi mancava la Mia Casa di Vicarello.

Lui tornava dopo una giornata in tribunale, si buttava in poltrona e accendeva la televisione.

Se andava bene, mi massaggiava i piedi.

Se andava male litigavamo: perché non avevo buttato la spazzatura, perché non l'aveva buttata lui, perché non si era ricordato di rinnovare l'abbonamento a Sky, perché non mi ero ricordata del compleanno di suo padre, perché io non ero più la diciottenne tremebonda con le trecce, lui non era più il diciottenne con gli occhi gialli, arrabbiati.

E una volta a letto io mandavo messaggi random, ai miei amici, sfogandomi di quanto lui fosse stronzo.

Lui si attaccava a youporn, presumo. Perché un tipo che ho incontrato per la Mia Rubrica, quattro divorzi e sei gatti, mi ha detto che è così che succede, quando una storia finisce:

“Lei va a dormire alle dieci e tu ti attacchi a youporn. E allora io mi sono rotto e mi attacco direttamente a youporn, do da mangiare ai gatti e buonanotte al mondo”.

È finita, fra me e Mio Marito?

Lui lo sapeva ancora prima di partire per Dublino, prima di scappare a New York, e cercava su youporn l’ispirazione che non riuscivo più a dargli io o che comunque non riusciva più a prendere da me?

Chiudo il file del romanzo e digito.

www.youporn.it

Come ha fatto a non rodermi finora la curiosità di capire che cosa succede da queste parti, davvero non me lo spiego.

Dieci minuti sono pochi, pochissimi, per capirlo davvero, me ne rendo subito conto: troppe sono le opzioni, troppe le offerte.

Video porno amatoriali, lesbiche, sesso nero, Belen, 10p Adult Phone Chat, Adult Amateur, Adult Avatar Chat Rooms...

Vado, per vocazione, alla sezione dei video amatoriali.

Ne scelgo uno da undici minuti.

Lei è un po’ bionda e un po’ no, ha qualche chilo di troppo, il sedere basso, le tette grandi, un perizoma di pizzo bianco.

Lui ha il tatuaggio di un falco sulla schiena, gli occhiali da sole, i muscoli sottili, disegnati bene.

Sono in una camera piuttosto anonima di un hotel sul mare.

Dalla luce, sembra il primo pomeriggio di un qualche inizio d’estate.

Lui le sta sopra. Per quattro minuti.

Lei sta sopra a lui. Per due.

Lui si infila una maschera da robot, lei una da Uomo Ragno e si mette in ginocchio ai piedi del letto.

Mi sto annoiando.

Sul cellulare ho ancora conservati molti numeri dei protagonisti della Mia Rubrica. Cerco quello del pluridivorziato: lo trovo. E gli scrivo: STO GUARDANDO UN VIDEO SU YOUPORN, MA UNA PUNTATA DI QUARK MI PARE PIÙ ECCITANTE! HO SBAGLIATO VIDEO? SONO SBAGLIATA IO? CHIARA G.

Mentre la tipa un po' bionda ce la sta mettendo davvero tutta per fare venire il tipo, e a scatti guarda verso la telecamera passandosi un dito sulle labbra, il pluridivorziato mi risponde: CIAO CHIARA! SPIEGAMI MEGLIO: IL VIDEO TI DEPRIME PERCHÉ SEI CONTRARIA AL MERCIMONIO SESSUALE DI QUEST'EPOCA EDONISTA? PERCHÉ PENSI A UOMINI COME ME, LA CUI VITA SESSUALE SI ESAURISCE IN QUELLE IMMAGINI SQUALLIDOTTE? O PERCHÉ NON RIESCI PIÙ A SUGGESTIONARTI CON L'INCANTO DEL SESSO E TI SENTI UNA REDUCE? LA PRIMA, LA SECONDA O LA TERZA? QUALE ACCENDIAMO?

Aiuto. Non lo so.

FORSE LA TERZA. E FORSE PERCHÉ SE NON LO FACCIO IO, IL SESSO, SINCERAMENTE È UNA COSA CHE NON MI INTERESSA POI COSÌ TANTO.

ALLORA SEI SANA, mi risponde lui.

Poi ci ripensa. PERÒ ANCHE NARCISISTA. E COMUNQUE VUOI METTERE QUANTI EFFETTI COLLATERALI TI EVITI A GUARDARLO, L'AMORE, INVECE DI DOVERLO A TUTTI I COSTI VIVERE IN PRIMA PERSONA?

Come a dire "fantastica la vita, quando non tocca a noi".

Il tipo si toglie la maschera da robot perché la telecamera la veda così com'è, la sua faccia mentre gode.

È bella?

È brutta?

È sua.

Assurda, noiosa e fantastica la vita, quando non tocca a noi.

12 dicembre, mercoledì

alba 7.29 – tramonto 16.39

punto croce

Punto croce orizzontale

- Prendere sempre come riferimento i quadratini che compongono il tessuto.
- Infilare la punta dell'ago (infilato con lo stesso colore del tessuto) nel rovescio della tela e farlo uscire sul dritto, quindi eseguire un punto obliquo, dall'angolo sinistro in basso del quadratino verso quello destro in alto.
- Far uscire l'ago sull'angolo sinistro in basso del quadratino successivo ed eseguire un altro punto obliquo.
- Procedere così fino a ricamare una fila di punti obliqui.
- Fare il percorso nel senso inverso per realizzare la croce.

IMPORTANTE: cambiare colore del filo quando è necessario (MARRONE per il RICCIO, ROSSO per il CUORE, VERDE per il CESPUGLIO).

Alla fine della gugliata, fermare il filo portandolo sul rovescio della tela e facendolo passare sotto alcuni punti già eseguiti.

Questi appunti li ha scritti per me (e li ricopio testuali) la vecchina con gli occhiali trifocali e la montatura di tartaruga che ho conosciuto alla Casa del Ricamo.

Non avevo mai pensato che potesse esistere e resistere un posto così, nel mondo.

In questo quartiere, poi. A tre isolati da casa nostra. Mia.

Mio Marito mi ha sempre chiamata Mister Magoo proprio per questo. Come il Mister Magoo del cartone animato e del telefilm, io cado, inciampo, nemmeno mi accorgo di essere in pericolo, non so guidare e fino a una settimana fa non avevo la minima idea di poter cucinare qualcosa con le mie mani perché sono proprio loro, fondamentalmente, il problema: le mie mani. Se devono afferrare qualcosa che sta per cadere, se anche solo devono stare attente a tenere stretto un bicchiere senza che il contenuto mi si rovesci addosso, se devono cambiare le pile del telecomando, svitare una lampadina, eccole lì: è come se si trasformassero in due... pancake. Sì. Molli, unte, sciroppose.

Non lo fanno apposta, non lo faccio apposta – anche se Mio Marito a volte sospettava di sì, quando, che ne so, mi confondevo con i cavi e rischiavo di collegare al televisore il telefono anziché il lettore dvd, o quando una sera, entrando in ascensore, una bottiglia di vino mi è misteriosamente scivolata nella tromba delle scale.

Cose così.

Cose che "l'antica e raffinata arte del ricamo" (come recita il sottotitolo di una delle infinite riviste specializzate esposte all'ingresso della Casa del Ricamo) la escludono a priori.

Tanto che, appunto, di questo negozio non mi ero mai nemmeno accorta.

Oggi tornavo dalla palestra, riflettevo sui miei dieci minuti quotidiani e ci sono quasi inciampata dentro: è una bottega di quelle di una volta, c'è un'atmosfera sospesa, di polvere e penombra, mille scaffali, mille cassettini. Gomitoli di lana ordinati per colore riempiono interi scaffali, scampoli di stoffa impilati con cura sembrano dire "scegli me, scegli me".

La vecchina che armeggiava dietro alla cassa, con i suoi occhialoni, mi ha ricordato mia nonna. Sì. Aveva la stessa aria da folletto, le ossa sottili e veloci, i capelli a forma di nuvola bianca. L'ho rivista all'improvviso fare su e giù per l'orto di Vicarello, mia nonna, strappando le erbacce con il suo cappellone di paglia a tesa larga, gli stivali di gomma. È morta nel sonno, senza salutare, una mattina di maggio: lieve come stava al mondo, così se n'è andata. Io avevo diciotto anni, da lì a dieci giorni avrei incontrato Mio Marito. Mi è sempre dispiaciuto che lei non lo abbia conosciuto. Ancora adesso, nonostante tutto quello che è successo, mi dispiace.

Mi sono avvicinata alla cassa, ho spiegato alla vecchina perché fossi capitata lì.

"Non so niente, assolutamente niente, del ricamo. Ma ogni giorno, per dieci minuti, devo fare una cosa che non ho mai fatto. E oggi vorrei provare questa."

Gli occhi liquidi della vecchina frugavano nei miei, da dietro le lenti spesse. Ha sorriso: "Che bella idea". E ha battuto le manine. Una. Due volte. Si è messa a trafficare nei suoi mille cassetti, ha tirato fuori degli aghi, delle matassine di cotone colorato. Una tela con sopra stampati un riccio, un cuore e un cespuglio.

"È una tela con i quadratini grandi: pure un bambino ci riuscirebbe, stia tranquilla," mi ha assicurato. E mi ha consigliato di cominciare, come tutti i principianti, dal punto croce orizzontale, la tecnica più semplice, su quella tela. "Vede?, basta far passare l'ago qui, e poi qui, e poi ancora qui, e poi lì, e poi tornare indietro, tenendo bene a mente che..." Parlava, parlava, rapida come le sue manine che correvano sulla tela, ma si è accorta presto che non riuscivo minimamente a starle dietro. Allora mi ha scritto quegli appunti.

Questi, appunti.

E mi ha salutata con una profezia: “La rivedrò presto, ne sono sicura. Una volta che si comincia a ricamare è impossibile smettere!”.

Mi risuonano dentro le sue parole, mentre, no: questa cosa del punto obliquo non l’ho capita, non mi riesce. Guardo l’orologio e sono passati solo due minuti. Mi sono sembrati eterni. Insisto. Ho cominciato dal riccio, forse era meglio cominciare dal cuore, mi dico. Passo dal filo marrone al filo rosso: la cosa si fa ancora più penosa. Chissà cos’è che sbaglio, chissà dove dovrei infilarlo ’sto maledetto ago per farlo entrare nel quadratino giusto. È tutto così complicato, così impossibile, i fili fanno come gli pare, l’ago è troppo grosso, i quadratini troppo piccoli, l’ago è troppo piccolo, i quadratini troppo grossi.

E il rovescio della tela, scaduti i dieci minuti, è un pasticcio di nodi enormi, disordinati, appiccicati.

Pure un bambino ci riuscirebbe, aveva detto la signora: e io non ci sono riuscita.

Non mi rivedrà molto presto, e un po’ mi dispiace, ma ricamare non fa decisamente per me. Tanto che, per la prima volta, mi pare di aver fallito con i miei dieci minuti.

Però.

Però mi commuove sapere che c’è una signora che somiglia a mia nonna, nel mondo.

In questo quartiere, poi. A tre isolati da casa nostra. Mia.

13 dicembre, giovedì

alba 7.29 – tramonto 16.39
luna nuova 9.42

e tu come stai, mamma?

Saranno stati la vecchina della Casa del Ricamo e il fantasma di mia nonna, ma oggi la nostalgia per Vicarello si fa proprio insostenibile.

Lavoro un po' al romanzo e poi telefono a mia madre: "Sei a casa, a pranzo?".

"Sì, certo."

"Allora aspettami, arrivo."

Ma prima di partire voglio farle una sorpresa.

Poi prendo il treno per Vicarello.

Quel treno.

Il treno che ho preso infinite volte: avanti, indietro. Di nuovo avanti. Indietro. Verso una famiglia con cui pranzare per la Mia Rubrica, verso lo studio di Mio Marito per fargli un'improvvisata, verso un cinema, una riunione con il mio editore, la presentazione di un romanzo, il ginecologo, il dentista. E poi indietro.

A casa. Casa per davvero, casa e basta, casa da sempre, per sempre casa.

La trovo alla stazione che mi aspetta. È stanca, è di fretta anche se non saprebbe spiegare il perché, è felice di vedermi ma appena scendo dal treno mi rimprovera perché sono troppo magra: è mia madre.

Ci abbracciamo.

"Tieni." Le allungo un sacchetto con dentro una pirofila, stando attenta a tenerlo ben dritto.

"Che cos'è?"

"Un tiramisù. L'ho fatto io."

"Tu?" Ride.

"Io." Sono seria. "Ho scoperto un sito di ricette, su Internet. E oggi ho voluto provare il tiramisù. È sempre il tuo dolce preferito, no?"

"Sì, sì," fa lei. Ma ancora ride. Come se non ci credesse, come se fosse una battuta delle mie, questa: che io ho preparato un tiramisù. Sua figlia. Quella tenera imbranata. Un tiramisù. Figuriamoci.

Quando i miei genitori hanno lasciato a me la casa dove sono cresciuta, ne hanno ricavata una più piccola, sulla stessa strada, da quello che era un fienile abbandonato. E sono andati a stare lì.

Sono tornati nella vecchia casa quando due mesi fa, finalmente, sono finiti i lavori di ristrutturazione che mi avevano esiliata a Roma, e hanno affittato il vecchio fienile a una coppia di tedeschi in pensione.

"Ma appena scade il contratto d'affitto per la tua casa di Roma scade anche quello dei tedeschi," non si stancano di rassicurarmi. "E se lo vorrai, tu tornerai a casa e noi torneremo nel vecchio fienile."

Nel patio della loro casetta, i tedeschi stanno giocando a ramino, approfittando di questo inverno che oggi inverno non sembra, tanto è tiepida l'aria, limpido il cielo.

Nel patio di casa mia, i nostri due cani si stanno rosolando al sole. Di questo inverno che oggi inverno non sembra.

Tutto è al suo posto, sono al mio posto io.

Succede così ogni volta che vengo a trovare i miei, da ormai un anno, da quando tutto ha cominciato a finire: sarà pure ristrutturata questa casa, ma per me è sempre la stessa e la stessa torno a essere io, fosse solo per un'ora. La stessa di prima che Mio Marito mi telefonasse da Dublino, quando avevo ancora la Mia Rubrica, le mie certezze, le mie paure: dolci anche loro, come tutto quello a cui alla fine sotto sotto ti abitui.

Le paure che ho adesso, invece, sono nuove: nemmeno le capisco tutte.

Le certezze sono perse.

Faccio un giro in camera mia, con la scusa di prendere un libro che mi serve: ecco il letto da dove chiamavo mamma e papà, la notte, solo per essere sicura che anche se dormivano mi avrebbero risposto e mi avrebbero dimostrato che ero più importante del loro sonno, più importante di tutto, io. Ecco le mensole con i miei libri di scuola, ancora tutti lì. C'è anche qualche testo di Diritto privato e di Procedura penale di Mio Marito. E per tutte e quattro le pareti corrono foto nostre, mie e sue. In Cambogia, in Cina, in Messico, in Cile, in Costarica, ad Amsterdam, nel patio del vecchio fienile.

Nella camera accanto dormiva mio fratello, quando eravamo piccoli: poi lui è andato a studiare a Milano, oggi lavora a Berlino. E una volta da sola in questa casa grande, in questa casa amata, ho affittato la sua camera a Gianpietro, che ha riempito l'armadio di camicie lucide di raso e mocassini stilosi, poi a Carlo, che l'ha riempito di quotidiani e di tessere dell'Arcigay e del Pd, a Vincenzo che faceva il cuoco, a Igor che voleva fare l'attore, ad Alessandra, manager in carriera, ma che appena staccava prendeva il suo cavallo e se ne andava via, libera, per le campagne attorno a Vicarello.

Con Gianpietro ho riso, ho pianto, una volta sono anche arrivata a picchiarlo con una stecca di sigarette: inquieta e rompipalle io, inquieto e rompipalle lui, ogni mattina ci mandavamo al diavolo, ogni sera cantavamo Mina al karaoke e facevamo mattina.

Con Carlo, senza accorgermene, ho fatto le prove di un matrimonio: il marito o la moglie li facevamo a turno, a seconda di chi aveva più bisogno di sentirsi protetto, di trovarsi il letto rifatto o anche solo di una boule con l'acqua calda sulla pancia. A differenza del mio vero matrimonio, il nostro sodalizio, seppure oggi lui viva a Bruxelles dove lavora per il parlamento europeo, continua sereno.

Vincenzo e Igor a malapena li incrociavo durante la giornata, Alessandra è stata e resta una delle mie persone preferite, con cui mi intendo meglio.

Ma poi qui con me è arrivato Mio Marito: che già c'era, naturalmente. C'era mentre c'era Gianpietro, mentre c'era Carlo, mentre c'erano Vincenzo, Igor e Alessandra.

Sono stati anni pieni, sconclusionati e a modo loro perfetti, quelli: io avevo i miei soliti mostri fra la testa e il cuore, ma il girotondo che mi passava per casa riusciva a distrarli. Quando poi Mio Marito tornava dall'università e cenava con me e Gianpietro, o restava a dormire per il weekend e Carlo ci portava la colazione a letto, quando veniva a cavallo con me e Alessandra, quando tutti insieme accendevamo il fuoco nel camino, ci accucciavamo là a guardarlo e ci stonavamo di chiacchiere, canne, merendine al cioccolato, finché mia madre non suonava alla porta e si presentava con un vassoio carico di prosciutto e formaggi e verdure dell'orto grigliate per tutti... be', i miei mostri non lo so dove se ne andassero. Ma di certo non stavano con noi.

Poi Mio Marito si è laureato, mi sono laureata io, ho pubblicato il mio primo romanzo, lui ha superato l'esame di stato, io ho pubblicato il mio secondo romanzo. E quando Alessandra è stata trasferita a Torino, senza bisogno di dircelo ce lo siamo detto: proviamoci. E senza bisogno di provarci, siamo subito riusciti ad abitare insieme. Qui. Mentre di abitare insieme lì, a Roma, nella Casa da Grandi, non siamo stati capaci.

Mangiamo pomodori e mozzarella.

I pomodori, naturalmente, sono dell'orto.

"Ora che sai preparare il tiramisù, potresti anche imparare a curare l'orto, no?"

"Non toglierei mai a te la gioia di farlo."

Mia madre sorride. Mio Marito una volta ci aveva anche provato, a seminare della verza: ma tempo una settimana e si era dimenticato in che angolo fossero i suoi semi.

Ci sono cose che per tutta la vita, forse perfino quando moriranno, sono i genitori a fare, punto. Noi non le facciamo, o le facciamo male, proprio perché a quelle cose sia ben chiaro: "Guardate che ci pensano mamma e papà, a voi".

Ci pensano mamma e papà, a noi.

"Allora, come va?"

"Insomma. Sto lavorando bene al mio romanzo, e questa è una bella notizia. L'unica, però."

"Vedrai che passerà. C'è solo bisogno di tempo."

"Certo. E qui, che succede? Sarà un mese che non sento Matteo..."

"Chiara, lo sai Matteo com'è fatto. Chiamalo tu, no? È molto, molto preso dal nuovo lavoro, da quando lo hanno spostato a Berlino non ha il tempo nemmeno per cenare, mi starà diventando tutt'ossa, peggio di te... Speriamo bene, lo sento così nervoso. Papà dice che è normale, ma io non vorrei che venisse su come lui... Dio mio, ha settantun anni e continua a lavorare come se avesse, appunto, l'età di Matteo. Fosse felice, poi. Macché. È sempre in tensione, sempre di pessimo umore... Fortuna che domenica scorsa, però, dopo pranzo si è messo nel patio, si è sdraiato sull'amaca ed è stato buono a riposare, per almeno un'ora. Un bambino, pareva, dovevi vederlo. D'altronde si sa che lui..."

La interrompo: "Ma tu?" le chiedo. "*Tu* come stai?"

Mi è venuta all'improvviso, mentre l'ascoltavo, l'illuminazione. Comincio a fissare l'orologio e insisto: "Tu come stai, mamma?".

Lei si alza, inizia a sparecchiare: "Te l'ho detto, Chiara. Sono un po' in pena per Matteo, per papà. E naturalmente per te. Quando l'hai sentito per l'ultima volta, tuo marito?".

La tiro per un braccio, la invito a sedersi: "Mamma, davvero. Dimmi come stai".

"Devo mettere i piatti a mollo, Chiara."

"Lo faccio dopo io. Tranquilla."

"Non lo farai mai."

"Allora lo farai tu, ok. Dopo, però. Adesso stai qui buona, dai. Almeno per dieci minuti."

Mi guarda perplessa. Si siede.

"Allora?"

"Allora che? Sei impazzita?" Mi fissa come se davvero fosse in ansia per la mia salute mentale.

"Perché, mamma, scusa? Vorrei solo sapere come stai."

"Bene. Come vuoi che stia."

"Mmm."

"Mmm."

"In ospedale? Tutto procede?"

Mia madre faceva la maestra all'asilo di Vicarello. Poi, dodici anni fa, è andata in pensione e ha cominciato a lavorare come volontaria al San Giovanni, un ospedale di Roma.

Mi accorgo in questo preciso istante, e mentre me ne accorgo me ne vergogno, che oltre a non chiederle mai come stia, tanto la sua vita è dedicata a come stiamo mio fratello, mio padre e io, non le ho mai nemmeno chiesto, precisamente, che cosa faccia, in quell'ospedale. E sono dodici anni che ci lavora. Dodici.

"Tutto procede, sì." È nervosa. Stare seduta non le piace. Tanto più se c'è ancora da sparecchiare, da mettere i piatti a mollo, da caricare la lavastoviglie.

"Mamma?"

"Sì."

"Come è cominciata, questa cosa del volontariato in ospedale?"

"Senti Chiara, ora basta." Si alza di nuovo. "Che cos'è? Uno scherzo?"

Di nuovo la tiro per il braccio, di nuovo la invito a sedersi.

"No, mamma, non è uno scherzo. È che da quando Mio Marito se n'è andato e io non abito più qui, dovrei vivere e invece mi sento morire. Lo sai, no? E allora la dottoressa mi ha proposto un esercizio: una volta al giorno, per un mese, per dieci minuti, devo provare a fare qualcosa che non ho mai fatto."

Mia madre comincia a rilassarsi: non l'ha capita bene, questa storia dei dieci minuti, ma se c'è da risolvere un problema di un figlio allora sì, certo. Lei è a disposizione: "Dunque io che cosa posso fare per te, amore mio?".

"Potresti parlarmi di te. Dell'ospedale. Non ne parli mai."

"Perché nessuno me lo chiede," fa lei. E abbassa gli occhi. Ma li rialza subito: "Avete già tanti problemi tu, papà e Matteo. Vi mancano solo i miei...".

"Su, mamma. Racconta."

E mia madre, finalmente, racconta. Che esiste un'associazione di volontari, si chiama Arvas. Bisogna fare un corso per diventare uno di loro e lei l'ha fatto. Ora lavora nel reparto di ematologia del San Giovanni, insieme ad altri volontari. Che cosa fanno?

"Aiutiamo i pazienti a sbrigare più velocemente le pratiche amministrative, facciamo accoglienza al day hospital, diamo una mano per il pranzo e la cena. Fondamentalmente facciamo un po' di compagnia ai pazienti, ecco."

"Come?"

"Chiacchieriamo con loro. Gli leggiamo dei libri, organizziamo dei mercatini nelle corsie. Dal mese scorso esiste anche un giornalino: noi volontari ci scriviamo ricette, recensioni di libri, aneddoti di quello che succede nel reparto. E poi lo distribuiamo nelle camere." La guardo. Mi guarda. Abbassa di nuovo gli occhi. Arrossisce? Arrossisce. E: "Sai, ogni tanto vengono dati dei questionari, ai pazienti".

"Perché?"

"Perché possano valutare i servizi che offre l'ospedale e segnalarli come 'inutili', 'utili' o 'indispensabili'."

"E?"

"E noi volontari siamo sempre segnalati come 'indispensabili'." Alza gli occhi. Sorride. Fiera.

Ma quando?, mi chiedo. Quand'è che studiava per il corso dell'Arvas, mia madre? Di quale ansia inutile ero preda io, per non essermene accorta? Quale madre di famiglia stavo intervistando per la rubrica, mentre la mia organizzava un mercatino nelle corsie del San Giovanni? Di che cosa stavo discutendo con il mio editore? Che facevo? Entravo in cucina e la investivo come una furia, perché non trovavo l'incipit per il mio nuovo romanzo? Le telefonavo piangendo, perché avevo litigato con Mio Marito per un motivo che il giorno dopo avrei dimenticato? Può darsi. Mentre lei? A che cosa pensava, il primo giorno in cui ha cominciato a lavorare in ospedale? Aveva paura di sbagliare? E da dove l'ha tirata fuori, la vita che ci vuole per lavorare fianco a fianco con la morte quando non è più solo un modo di dire, un'ipotesi, un'idea: ma per tutto il giorno ricorda, ehi, signori, sono qui, potrei arrivare presto, posso arrivare adesso? Da dove la tira fuori, quella vita? E la morte che tutti i giorni ricorda ehi, signori, sono qui? Dove la mette, mia madre, dopo che ci ha lavorato fianco a fianco tutto il giorno?

Ma soprattutto.

"Non ti capita mai di affezionarti a un paziente che poi non ce la fa?"

"Sempre." Ancora abbassa gli occhi. Ancora li rialza.

"Tre anni fa una ragazza è morta di leucemia. Era bella. Bellissima. Si chiamava Letizia, aveva diciassette anni e chiacchierava tanto, proprio come te. Il suo sogno era fare la stilista. Passava la giornata a disegnare vestiti. Disegnava, disegnava." Abbassa gli occhi. Li tiene lì. "Quando è morta, Irene, la proprietaria di quella boutique dove ti dico sempre che dovresti andare per non conciarti come uno spaventapasseri, ha realizzato i vestiti di Letizia. Le sue compagne di classe hanno fatto le modelle e... insomma, è venuta fuori una vera e propria sfilata. Ecco."

"Ma dove, mamma?"

"In una villa di Roma che ci ha messo a disposizione Maria Grazia."

"Chi è Maria Grazia?"

"Una mia amica."

"Quando?"

"Quando cosa?"

"Quando succedeva tutto questo?"

"Tre anni fa."

"E io? Io dov'ero?"

"Amore, e chi se lo ricorda... Perché? Ci saresti voluta essere?"

"..."

"Puoi venire quando ti pare, se ti fa piacere. Proprio ieri Marietta, una hostess di Cagliari che ha girato tutto il mondo e avrà più o meno la tua età, mentre aspettava il suo turno per la chemio e parlavamo del più e del meno, mi ha detto: 'Laura, stiamo così bene noi due insieme... Quando esco da qui potremmo farci un bel viaggetto, no? Anche con tua figlia, magari: ho letto tutti i suoi romanzi e vorrei tanto conoscerla!'. Così ha detto, Marietta."

I dieci minuti sono passati da un pezzo: sarà da mezz'ora che mia madre parla. E io ascolto.

Poi rimaniamo per un po' in un silenzio carico di tutte le domande che fino a oggi avrei potuto fare e non ho fatto, delle risposte che ancora mi mancano, dei vestiti di Letizia, dei viaggi di Marietta.

"Senti, mamma... Per la vigilia di Natale..."

"Amore, non ti preoccupare: ce lo hai già ripetuto tante volte. Vieni qui con Ato e il tuo amico Gianpietro e ceniamo tutti insieme come se niente fosse, come se non fosse la vigilia. Va benissimo così. Ci rendiamo conto, sai, che non dev'essere facile per te, il primo Natale senza..."

"Vorrei invitare te, papà e Matteo a cena da me, a Roma, la sera del 24." Lo scopro mentre lo dico.

"Da te?"

"Sì."

"E chi cucina?"

"Gianpietro è bravissimo. E io ho imparato a fare il tiramisù, no?"

"..."

"Anzi, forza. Assaggiamolo."

Scatta come un elastico. Finalmente è libera di alzarsi, mettere i piatti a mollo, trafficare in cucina. E poi torna con il mio tiramisù. Nel viaggio in treno si è un po' spappolato, però mi pare buono, né troppo dolce, né troppo amaro: e comunque supera di gran lunga i pancake.

"Bravissima."

"La crema dovrebbe essere meno pesante?"

"Forse sì. Potresti provare a usare il Philadelphia, al posto del mascarpone... Ma è buono. Davvero. Anzi, guarda: ne prendo un altro po'." Fa per servirsi ancora.

"Scusa, mamma," soffio io.

Rimane con il cucchiaio a mezz'aria, stupita: "Scusa per che cosa, amore mio?".

"Per non chiederti mai di parlare di te."

"Ma tu sei la mia bambina brava," risponde lei. "Sei un po' matta, un po' egocentrica, certo. Ma sei la mia bambina." E mi apre un abbraccio. "Vieni qui."

14 dicembre, venerdì

alba 7.30 – tramonto 16.40

rubare

Non sono più la brava bambina di mamma e papà, non sono più una diciottenne tremebonda con le trecce, non sono più la brava bambina, non sono più una diciottenne tremebonda. Mi ripeto, mentre me lo infilo in tasca: uno yogurt Müller, ananas&pesca.

Passeggio su e giù per i reparti del piccolo supermercato sotto casa.

Poi giù e su.

Ancora su, ancora giù.

Per dieci minuti.

Poi esco.

E faccio un passo di hip-hop, per festeggiare il mio primo furto.

15 dicembre, sabato

alba 7.31 – tramonto 16.40

il freno, la frizione e le tue ragioni

Ieri pomeriggio è tornato Ato, ho di nuovo preparato il tiramisù e al posto del mascarpone ho provato a usare il Philadelphia, come mi ha consigliato mia madre.

Gli ingredienti erano per sei, ma lo abbiamo finito, davanti alla terza serie di *The Vampire Diaries*.

Sono arrivate le quattro di notte e noi eravamo ancora lì, incollati alla televisione, a raschiare la pirofila con i cucchiaini, a sfilare e a infilare dvd.

Ma stamattina a scuola c'è assemblea generale e Ato può dormire fino a tardi.

Io, al solito, mi sveglio comunque troppo presto, addosso l'impossibilità di alzarmi, aprire le tende e cominciare un'altra giornata, l'ennesima con cui faccio a braccio di ferro da quasi un anno.

Quando si sveglia anche Ato, gli racconto l'idea per la vigilia che mi è venuta a Vicarello: "Ho già parlato con il tuo responsabile: potrai passare qui tutte le vacanze di Natale, se vuoi. E la sera del 24 inviteremo a cena i miei genitori e mio fratello. Ci sarà anche la zia Piera, cucinerà lei. Che ne dici?".

Ato sorride con tutta la faccia: l'idea gli piace, e tanto. È stato Gianpietro che un giorno, dopo una delle nostre infinite telefonate Palermo-Roma, mi ha chiesto di farglielo conoscere. Gli ho passato la cornetta e sono rimasti a chiacchierare più di un'ora. O meglio: Gianpietro chiacchierava, Ato faceva sì con la testa. "Dice che devo chiamarlo zia Piera," mi ha annunciato, una volta chiuso il telefono. E la cosa non sembrava neanche stupirlo troppo. Hanno cominciato a sentirsi su facebook: la zia Piera oggi mi ha postato un video di Shakira, la zia Piera mi ha raccomandato di lavarmi i denti con lo spazzolino elettrico e di usare una volta al mese lo sbiancante, la zia Piera qui, la zia Piera lì. È pazzo di Gianpietro, Ato. E naturalmente conta i giorni per poterla incontrare di persona, questa nuova zia.

"Noi ci occuperemo del dolce," continuo. "Il tiramisù di ieri era buono, ma forse per la vigilia ci vuole qualcosa di un po' più..."

Squilla il cellulare.

È lui. È da tanto che non ci sentiamo. Due giorni e mezzo, per essere precisi. Tantissimo che non ci vediamo: tredici giorni. Tanto, tantissimo tempo per chi aveva deciso di passarlo insieme tutto quanto, quello che c'era. Il tempo. Per chi, insieme, tutto quanto lo passava.

"Ciao, tu."

"Ciao, Mister Magoo."

"Ciao."

"Che fai?"

"Niente. Tu?"

"Niente."

"Ah."

"Sì."

"Sì."

"Mmm."

"..."

"Sei libera stasera?"

"Oggi pomeriggio vado con Ato a vedere *Lo hobbit.*"

"Vengo a prenderti all'uscita."

"Va bene... Vieni in macchina?"

“Pensavo di venire in motorino, perché?”
“Vieni in macchina, dai.”
“Ok.”

Lo trovo fuori dal cinema, con la schiena incollata a una colonna, che fuma. Negli ultimi mesi è un po’ ingrassato, si è lasciato crescere troppo la barba, i capelli: a me pare come sempre bellissimo.

Mi sorride con gli occhi gialli che diciotto anni fa mi hanno fatta innamorare subito, lo bacio sulla guancia.

Ato lo saluta, mi saluta e s’incammina verso casa: vuole rivedere l’ultima puntata di *The Vampire Diaries*, dice. Ma in realtà vuole soltanto lasciarci soli. A fare che cosa, non lo sa. Non lo sappiamo nemmeno noi.

Andiamo verso la sua macchina, comincio a parlare troppo e di niente, come sempre quando sono in tensione, e lui fa lo stesso.

“Vuoi mangiare qualcosa?” domanda, quando arriviamo al parcheggio.

“Sì. Ma prima vorrei fare una lezione di scuola guida.”

“Magoo, ma che dici?”

“Dai, su. Una lezione breve. Dieci minuti, giusto il tempo di capire dov’è il freno e dov’è la frizione.”

Andiamo nel garage del collega da cui Mio Marito ha affittato una stanza quando è tornato da Dublino. È abbastanza grande, e al momento deserto. Ci scambiamo di posto, Mio Marito mi fa sedere al volante.

“Allora. Forza. Metti il piede destro qui, e quello sinistro qui. Per intenderci: il pedale dove tieni il piede destro è l’acceleratore. Quello dove tieni il sinistro è la frizione. Questo qui al centro è il fren... Che cazzo fai?!”

"Scusa." Ho schiacciato la frizione, o forse il freno, mentre parlava. Il motore si è spento.

"Forza, riaccendi. Gira la chiave, brava: così. E nello stesso tempo premi... No! Non quello, Cristo! L'altro!"

"E va bene, va bene: non ti scaldare."

Di tutti gli insegnanti che ho avuto finora per i miei dieci minuti, da Rodrigo a Flacavi, la piccola ballerina hip-hop, dalla vecchina della Casa del Ricamo a www.buttalapasta.it, Mio Marito si rivela il più impaziente. Urla, sbatte il pugno sul volante, impreca.

Quando arriva il momento di spiegarmi le marce, poi, si copre gli occhi con una mano per non vedere con quanta inutile violenza spingo avanti e indietro quel coso.

"Non si chiama coso. Si chiama cambio. E finché non premi il pedale della frizione, non funzionerà mai."

"Dici?"

"Dico."

Ma alla fine, a trenta all'ora, passando dalla prima alla seconda e dalla seconda alla prima, un giro del garage riesco a farlo. Poi un altro. Vado avanti per dieci minuti.

"Brava, così. Ora prova a frenare da sola. Rallenta. E poi fren... Porca puttana, Magoo!"

E va bene, va bene: mi dimentico di scalare dalla seconda alla prima, e la macchina si spegne di nuovo da sola. Ma sono fiera di me come forse ancora non ero stata mai, da quando ho cominciato il gioco dei dieci minuti. "Perché non guidi? Almeno la patente dovresti prenderla, anche solo per tenerla lì, all'occorrenza, non credi?" Quante, quante volte me l'hanno detto. Eppure non so esattamente perché solo stamattina, quando Mio Marito mi ha telefonato, mi è venuto, forte, il desiderio di provare. Sarà che a Vicarello è tutto a distanza di bici. Sarà che da Vicarello a Roma il treno è comodissimo. Sarà che a Roma in metro fai prima: in generale. Sarà che, quando ci siamo conosciuti nella sala d'attesa dello psicologo della scuola, Mio Marito – parlando troppo e di niente – mi aveva raccontato di essersi appena iscritto alla Motorizzazione per l'esame di guida, e allora, chissà: forse, mentre cadevo tutta in quegli occhi gialli, cadevo anche nella possibilità che sarebbe stato sempre lui a guidare. La macchina. Il motorino. Me.

"Passiamo alla retromarcia?" chiedo.

"No, è troppo presto per insegnarti anche la retromarcia. E poi ora Magoo, per cortesia, vorrei parlarti. Stai continuando con quella cazzata dei dieci minuti?" Ha bisogno di essere aggressivo, sempre più aggressivo, da quando è tornato da Dublino. Come se non bastasse quello che ha fatto. Perché è troppo arrogante per chiederti perdono, sostiene Gianpietro. Perché è troppo fragile per perdonarsi, sostengo io.

"Sì, continuo. E con questa lezione di scuola guida ho coperto i dieci minuti di oggi."

"No."

"Come 'no'?"

"No. Vorrei che tu li coprissi ascoltandomi. Ascoltando le mie ragioni."

"Lo faccio da diciotto anni."

"Ma negli ultimi mesi mi interrompi sempre. Sei ancora troppo piena di rancore, di rabbia."

"Senti chi parla. E comunque, fidati: adesso mi sto concentrando soprattutto sulle mie responsabilità."

"E allora?"

"Allora cosa?"

"Il gioco resta valido se in una giornata fai due cose nuove, per dieci minuti? Se adesso mi ascolti senza interrompere?"

"Forza. Dimmi."

"Non mi interrompere però."

"Non ti interrompo."

Mio Marito comincia a parlare.
Nel garage del collega da cui ha affittato una stanza.
Nella sua macchina.
Rannicchiato al posto che è sempre stato il mio.
Mentre io sono al volante, al suo.
E ascolto.
Senza interrompere.
Per molto più di dieci minuti.
Dice che non lo sa che cosa gli è preso, a Dublino.
Dice che per quanto ero nervosa e di cattivo umore, da quando ci eravamo trasferiti nella casa nuova, ha quasi pensato di farmi un favore, a togliersi di torno: che l'ha fatto per me, insomma – e qui faccio fatica, davvero tanta, tantissima fatica, a non interromperlo.
Dice che avevo ragione io, non saremmo mai dovuti venire a Roma.
Dice che era tutto così facile nei primi anni, tutto così felice a Vicarello.
Dice che io lo guardavo come fosse un dio e un dio lo facevo sentire.
Che quando ho superato i miei problemi con l'alimentazione e ho ricominciato a mangiare e poi mi sono laureata e poi sono arrivati i miei romanzi, la Mia Rubrica e il successo, ho cambiato occhi.
E dice che nei miei occhi di ora lui non riesce a specchiarsi.
È perché non ci vedi più un dio, ma semplicemente l'uomo che amo?, vorrei chiedergli. E non è meglio essere amati che venire idolatrati? Non è tutto, essere amati? Ma no. Non lo interrompo.
Dice che Siobhan lo guardava esattamente così: come lo guardavo io fino a qualche anno fa.
Dice Siobhan, però, non sei tu.
Dice ma perché, perché sei dovuta crescere? Perché?
Gli prendo la mano.

Dice non ha senso prendermi la mano, se non capisci quello che dico.

Gli lascio la mano.

Dice non ha senso lasciarmi la mano, se me l'hai presa.

Gliela riprendo.

Lui la sfila subito via.

Dice non capisco che cosa voglio, Magoo. Tornare a fare il cazzone, vivere un po' lì e un po' qui, dove capita, mi sta dando una bella energia. Però mi manchi, sai? Ma non mi manca il pantano dove eravamo finiti. Tutti quei malumori. Quelle facce tese. Quelle porte sbattute. Quella. Ma sì. Quella. Quella intimità.

Dice tremenda, l'intimità. Tremenda, no?

Ripete: no?

Dice evidentemente io ho dei problemi, con questa cosa tremenda, ma non è che sotto sotto ce li abbiamo tutti?

Dice perché secondo me sì, secondo me quei problemi ce li abbiamo tutti.

Allora, se provassimo a risolvere i nostri rinunciandoci, all'intimità? Incontrandoci, che ne so, solo per andare al cinema, per fare scuola guida, per partire per un bel viaggio?

Dice tu non puoi fare a meno di me, no? E allora tanto vale che accetti come sono fatto.

Dice io non posso fare a meno di te. Accetta come sono fatto.

Non credi sarebbe meglio vivere così, come capita, piuttosto che entrare a tu per tu con cose come il sesso coniugale, la responsabilità, il rispetto reciproco, nella buona e nella cattiva sorte? Non le senti quanto sono dure, queste espressioni? Fredde? Violente? Vagamente naziste? E poi ti credo che uno non ce la fa più e scappa a Dublino.

No?

Dice non sei d'accordo con me?

Magoo?

Guarda che ora puoi anche interrompermi, dice.
E allora: "Dammi un bacio, su," dico.
Ci prova, ma si scosta subito. È arroccato tutto dentro la sua testa, è goffo, impaurito, non sa quello che dice. Amore mio: perfino io, al volante, sembravo più in grado di essere me stessa.
E all'improvviso, in macchina, comincia a fare freddo.
Tanto freddo.

Cosa?
Cosa è successo?
È successo che Mio Marito ha perso, dentro di sé, la strada di casa: e avrebbe bisogno di qualcuno che, come Pollicino, lasciasse un sassolino dopo l'altro, per indicargliela. Avrebbe bisogno di me. Però, dopo lo shock dell'abbandono, anch'io, dentro di me, ho perso quella strada. Anch'io avrei bisogno di Pollicino. Avrei bisogno di lui.

16 dicembre, domenica

3ª D'AVVENTO

alba 7.31 – tramonto 16.40

al mercatino dell'usato

"Tesoro, brava: mi pare un'idea meravigliosa!" trilla Gianpietro.

"Davvero?"

"Ma certo! Sinceramente, quella tua fissazione che ci avrebbe obbligati tutti a fare finta che la vigilia non fosse la vigilia, mi angosciava."

"Sai bene quanto angoscia me, questa vigilia. Diciotto anni, ti rendi conto, Gianpi? Era da diciotto anni che Mio Marito e io lo evitavamo insieme e dall'altro capo del mondo, il Natale."

"Ok. E da diciannove anni mio padre non vuole parlare con me e io da quando mia madre non c'è più lo passo da solo, il Natale. L'anno scorso l'ho passato in una sauna, figurati. Per non parlare di Ato che chissà, povera stella, quanto penserà alla sua famiglia laggiù in Etiopia, in questi giorni."

"In Eritrea."

"In Eritrea, va bene. Comunque, tesoro: vogliamo lagnarci tutti insieme delle nostre disgrazie o vogliamo passare una bella serata?"

"Vogliamo passare una bella serata?"

"Esatto. E hai fatto benissimo a invitare i tuoi genitori e tuo fratello a Roma. Vedrai, preparerò una cena che si ricorderanno... Fammi fare mente locale e poi ti chiamo per dirti quanto pesce devi ordinare, d'accordo?"

"Gianpi, ma manca più di una settimana!"

"Tesoro, scherzi? C'è l'assalto alle pescherie, in questi giorni! Va bene che te andavi in giro a fare la punkabbestia con la Tua Marita, ma le regole base, per un Natale come si deve, dovresti conoscerle... Che cosa vuoi cucinare ai tuoi, per la vigilia? Le pancake? Su, forza, non fare storie. Ora ragiono su quello che serve e poi ti richiamo. Che ne so... Sarebbe bello cominciare con una paella: che dici? Così faremmo anche un omaggio alla nostra vacanza a Formentera, giusto?"

"Giusto."

"Non farmi quel tono, per favore. Animo! Felicità! È Natale, è nato Gesù, nella povera grotta laggiù. Viva!"

"E questa?"

"È una poesia che avevo imparato in terza elementare. Vedessi com'ero carina..."

"Immagino."

"Senti, oggi come li passi i tuoi dieci minuti?"

"Vado al mercatino dell'usato."

"Alla mercatina?"

"Sì. Poi ti racconto. Ciao."

"Ciao tesoro. Passami Ato, per cortesia. Voglio che la sera della vigilia mi faccia da assistente."

Lo chiamo: "Ato, vieni! C'è la zia Piera al telefono che ti vuole parlare".

Ato si precipita, come sempre quando si tratta di Gianpietro.

Li lascio chiacchierare ed esco.

Uno degli infiniti motivi per cui quando mi chiedono in che quartiere di Roma abito e io, a malincuore, rispondo, tutti si mettono a gorgheggiare "beata te!", è lo strabiliante mercatino di vestiti usati che una volta al mese esplode a pochi passi da casa nostra. Da casa mia, insomma.

Inutile dire che io, a priori, mi sono sempre rifiutata di andarci: roba da radical chic, dicevo, dentro di me e a Mio Marito. Roba da finti alternativi. Altro che i mercatini d'estate, a Vicarello: nelle bancarelle trovi di tutto, ma fra le bancarelle di certo non trovi persone con quell'arietta lì, annoiate a prescindere, con quelle facce tutte uguali, molto molto intelligenti, molto molto informate, equosolidali, indignate, immobili, ben intenzionate. Terribile, l'anticonformismo di massa, terribile: concludevo così le mie tirate contro il mercatino.

Che, poveretto, senza ricambiare il mio astio, una domenica al mese se ne stava lì.

Se ne sta lì.

Dove oggi porto i miei dieci minuti.

Mal che vada, troverò qualche regalo di Natale: perché se Natale dev'essere, che Natale sia. Penso. Potrei comprare una camicia alla Liberace per Gianpietro e una vestaglia new romantic, o come si dice, per mia madre.

Non so neanche precisamente dove si trovi, questo famoso mercatino, e quelli a cui chiedo informazioni mi guardano stupefatti come se non sapessi dov'è il Colosseo.

Arrivo al sottopassaggio della metro più vicina a casa: dovrebbe essere qui, no?

No.

"Signori', i vestiti usati ci saranno domenica prossima," mi informa un tipo che pare proprio uno degli hobbit che abbiamo visto ieri al cinema Ato e io. Lo stesso corpo da vecchio bambino. Gli stessi occhi saggi. "Oggi tocca ai fumetti usati. Io ho dei manga del '32, dia un'occhiata, e ho anche un Taniguchi originale."

Valgono lo stesso, i miei dieci minuti?

Certo che sì.

Do un'occhiata ai manga dello hobbit, poi comincio a

girare per le bancarelle, sollevata di non trovarmi fra le persone che temevo e sorpresa di trovarmi fra persone che non immaginavo.

Curiose. Estasiate. Ragazzini, nonni, nonne, ragazzine. Tutti a spulciare le bancarelle, a cercare quel certo numero di quel certo fumetto che gli manca, a meravigliarsi, a deludersi se non lo trovano.

E se la più pericolosa anticonformista di massa fossi io?, mi domando, mentre compro un fumetto di Cyrano de Bergerac del 1958. Se la razza di persone che non sopporto e che brulica in questo quartiere fosse un pretesto per la paura che mi fa, questo quartiere? Se la razza di quelle persone non brulicasse in questo quartiere, ma brulicasse nel mondo, in generale, e se dunque anche la paura che mi fa questo quartiere fosse un pretesto per la paura che mi fa, in generale, il mondo? Se la razza di quelle persone, insomma, non esistesse? Ma esistesse solo l'Io, esistessi solo io che ho bisogno di una razza di persone da detestare, per proteggermi da me?

"Chiara!"

Alzo gli occhi dalla bancarella e dai miei pensieri e incrocio quelli di Gioia. È la più cara amica di una mia cara amica. La conosco solo di vista, ma mi piace, e molto: ha un sorriso contagioso, gli occhi vivi, e mi è sempre sembrata una donna forte, libera.

Ma quegli occhi vivi oggi sono gonfi. Vuoti.

"Mamma, mamma, dov'è l'album di figurine di Dora l'esploratrice? Avevi giurato che c'era!" la strattona per i pantaloni una bimbetta bionda, avrà sì e no cinque anni.

"Amore, l'ho visto lì, guarda." E le indica una bancarella. La bambina si precipita, Gioia mi si avvicina. Mi prende per un polso. "Non ce la faccio più, Chiara," mi balbetta in un orecchio. "Lo avevo finalmente trovato. Lui, sì. L'uomo giusto: è così che si dice, no? Pensa che lo avevo pure presentato a mia figlia... Ti rendi conto? Ci frequentavamo da dieci mesi. Dieci. E sai che cosa è successo, ieri? Facciamo l'amore, come al solito meravigliosamente bene, e io, mentre ce ne stiamo lì a carezzarci, gli chiedo che cosa farà per Natale. Che cosa *faremo* per Natale, intendo. E lui? Mi risponde: io lo passerò dai genitori della mia fidanzata. L'hanno trasferita per lavoro a Londra, per qualche mese, ma dopodomani torna. Stiamo finendo di arredare una casa per andare a vivere insieme... È da un po' che volevo dirtelo."

Sua figlia la chiama: "Mamma! È vero! Ho trovato Dora! Compriamo anche le figurine?".

"Certo, amore." Gioia ha la voce spezzata. Poi, a me: "Io stavolta ci credevo, sai? Ci credevo". E mi stringe il polso ancora più forte.

Le carezzo la mano. I capelli. Le viene da piangere, ma non può: la bambina continua a chiamarla, felice, sventolando il suo album di Dora l'esploratrice. E Gioia deve sorriderle, le sorride.

Vorrei prenderla in braccio, farla addormentare, addormentarmi con lei.

Vorrei assicurarle che non c'è verso: dentro momenti come questo bisogna cadere con le braccia, le gambe, il cuore, i polmoni. Tutto.

Bisogna andare in fondo, bisogna marcire.

Vorrei prometterle che non lo sa, che ora non può immaginarlo: ma arriverà il giorno in cui scoprirà di essere sopravvissuta.

E vorrei anticiparle che non sarà una bella scoperta: le rimarranno ventiquattro album di ore e sei pacchetti di figurine da dieci minuti l'una con cui non saprà che cosa fare. Ma almeno un pacchetto scoprirà di poterlo inventare ogni giorno con qualcosa di cretino che non aveva mai fatto.

Non sarà un granché: ma sarà pur sempre qualcosa. Di cretino. Che non aveva mai fatto. Da cui magari ricominciare.

La bambina è tornata vicino a noi. Lascio il mio numero di telefono a Gioia, prendo il suo.

Torno verso casa, con il mio Cyrano e con il sospetto, o forse la speranza, di vivere davvero, tutti, in un fumetto: e mentre invoco un qualche Joker che arrivi e rapisca me, Gioia e tutti quelli con gli occhi gonfi e uno strappo nel cuore dalla Gotham City del Natale che incalza, mi arriva un messaggio.

RETROMARCIA? ALLE SEI, AL GARAGE DI IERI?

17 dicembre, lunedì
alba 7.32 – tramonto 16.40

due lanterne cinesi

"È come... come se accendessero una qualche corrente, questi dieci minuti."

"Mi spieghi meglio, Chiara."

"Non l'ho ancora capito esattamente nemmeno io, dottoressa. Ho la sensazione che ogni giorno trasmetta a quello che viene dopo una specie di possibilità. Che poi magari non si realizza, eh. Ma che ha a che fare con..."

"Con?"

"Con la fantasia e con la perversione di quella che per comodità chiamiamo vita. Diciamo così. E con l'accettare che noi siamo molto meno fantasiosi, molto meno perversi di lei. Qualcosa del genere."

"..."

"..."

"Basta davvero un attimo, no?"

"Per fare che cosa, dottoressa?"

"Perché i nostri schemi emotivi e mentali, da cui l'inconscio si sente protetto e che consideriamo i confini della nostra identità, si rivelino in realtà dei limiti."

"Ci devo pensare."

"Ci pensi."

"..."

"..."

"...In effetti, dottoressa: possibile non mi fossi mai nemmeno accorta che, a tre passi da casa, esiste un posto che si chiama Casa del Ricamo? E che esistono riviste specializzate di punto croce, dibattiti in Internet, scuole di pensiero?"

"Allo stesso modo, chi non ha niente a che fare con la letteratura potrebbe stupirsi delle recensioni, delle classifiche dei libri più venduti, delle faide editoriali di cui mi parla lei..."

"Cose che invece per me sono pane quotidiano. Sono il mio mondo."

"E mentre lei si rifugia nel suo mondo, il resto del mondo dove va a finire?"

"...Sa, avevo scritto un racconto, qualche anno fa. Non l'ho mai pubblicato, però."

"E?"

"Si intitolava *Egoland.*"

"*Egoland.*"

"Parlava di una città dove ognuno vive in un palazzo rosso, blu, verde, comunque di un colore solo: ed è convinto sia l'unico possibile e immaginabile... Strano, no?"

"Cosa?"

"Era un racconto sul pericolo del conformismo, delle ideologie. Io, al contrario degli abitanti di Egoland, mi sentivo libera, aperta e indipendente. Invece."

"Invece?"

"Invece mi sa che ci abito pure io."

"A Egoland."

"A Egoland."

"Sa, Chiara: ci abitiamo quasi tutti. Se Egoland è la cittadina dei retaggi dell'infanzia, delle coazioni a ripetere e degli attaccamenti, è difficile evadere."

"A meno che Egoland non esploda, come è successo a me, un anno fa."

"Una grande occasione."

"Un dolore senza precedenti."

"..."

"Senza precedenti."

"Però ci pensi, Chiara."

"Ci penso."

"Non fosse esplosa Egoland, non si sarebbe mai resa conto che, fuori da Egoland, le persone suonano il violino. Rubano. Cucinano. Fanno le volontarie in ospedale. Fuori da Egoland succedono tantissime cose. Succedono tutte, le cose."

"Ma non è detto che faccia per me, quello che c'è fuori da Egoland."

"Certo."

"Ricamare, per dirne una, mi ha annoiata mortalmente. E a ballare l'hip-hop proprio non ci riesco."

"Però?"

"Però che esistano persone che ricamano e ballano, in effetti, mi sembra una cosa... bella. Ecco. Sì. Una cosa bella."

"A me sembra bello che lei improvvisamente prenda atto dell'esistenza di queste persone."

"Spero solo che, a furia di prenderne atto, non perda di vista la mia, di esistenza."

"Cioè?"

"Cioè ieri, per esempio, nella notte, mi sono svegliata di soprassalto, con un'angoscia terribile qui, in gola... Insomma, ho paura che se, con questa storia dei dieci minuti, mi distraggo dagli strappi che ho nel cuore, quegli strappi non si ricuciranno mai, e io non voglio diventare uno dei tanti esseri umani che girano per il mondo contagiando gli altri con le loro mancate elaborazioni, le loro pericolose inconsapevolezze..."

"Le ossessioni non si offendono se le trascura, Chiara: anzi. Trascurarle è l'unico modo per mandarle via."

"E il necessario confronto che dobbiamo avere con le nostre parti oscure, con le nostre lacerazioni?"

"Parliamo da un anno con quelle lacerazioni, Chiara. Si fidi di quello che le hanno detto, anche e soprattutto delle loro bugie. Ora siamo in un'altra fase."

"Quale?"

"Non sarebbe una fase importante, se sapessimo già definirla. Ma *Fuori da Egoland* mi piace: per ora potremmo chiamarla così. Mi parli del nuovo romanzo, adesso. Prosegue?"

"Sì."

"Bene."

"E poi..."

"Poi?"

"Stavo quasi per dimenticarlo: pazzesco."

"Cosa?"

"Sto facendo scuola guida con Mio Marito."

"Scuola guida?"

"Sì. Sabato, nei miei dieci minuti, ho provato a guidare. Con lui. E ieri siamo andati avanti, abbiamo fatto la seconda lezione."

"Mi pare divertita."

"Più che altro, stordita. Ma a proposito di confronti necessari... be', quello che finora non siamo riusciti a dirci guardandoci negli occhi, stiamo provando a dircelo fra una retromarcia e un parcheggio a spina di pesce."

"Per esempio?"

"Per esempio, Mio Marito sostiene di non essere fatto per l'intimità. Soprattutto con una donna com'ero diventata io negli ultimi tempi. Come sono."

"..."

"Mentre lo dice, però, non ci crede."

"In che senso, Chiara?"

"Nel senso che non è lui a parlare."

"E chi è, mi scusi?"

"La paura. La paura del margine di movimenti che ci rimane quando troviamo la felicità. A quel punto c'è solo da stare bene, no? e lui magari non è capace."

"Si spieghi meglio."

"Insomma: è stato proprio lui che mi ha aiutata a prendere fiducia in me stessa, che, più o meno consapevolmente, ha comunque domato le mie insicurezze, mi ha spinta a mandare a un editore il mio primo romanzo... E adesso non sopporterebbe la persona che, proprio grazie a lui, sono diventata? È un paradosso."

"Non è successo lo stesso a lei, Chiara?"

"Io lo amo."

"Si domandi però se anche lei non ha fatto di tutto perché suo marito diventasse una persona che, da un certo punto in poi, ha cominciato a rifiutare. Un adulto, in definitiva. Amato, certo. Amatissimo. Ma che, in quanto adulto, le è sfuggito di mano. Le è sfuggito dai piani. Fuori da Egoland è complicato riconoscere chi abitava nel nostro palazzo di un colore solo."

"Vero. Ma adesso vorrei che quei due adulti, in nome del loro Primario, come lo chiama lei, facessero amicizia. E che, crescendo o non crescendo, comunque invecchiassero insieme."

"Purtroppo e per fortuna, però, bisogna essere in due a voler essere in due, Chiara."

"E il Primario? A che serve, allora? Non può fare tutto da solo?"

"Purtroppo e per fortuna, no."

"Purtroppo."

"Per fortuna."

"Sarà l'ultima seduta prima delle vacanze di Natale, questa. L'ultima dell'anno."

"Torno a Roma il 2 gennaio. Ci rivediamo il 3?"

"Perfetto. Passi delle meravigliose vacanze, dottoressa."
"Si inventi altri meravigliosi dieci minuti, Chiara."

Anche questo lunedì Ato si ferma a dormire. Alla Città dei Ragazzi tornerà domani.

L'idea me l'ha suggerita lui: ieri sera, dopo la seconda lezione di scuola guida con Mio Marito, avevo solo bisogno di non esistere, mangiare schifezze e guardare un film sul divano. Ato va pazzo per i polizieschi, per Zemeckis, Tim Burton e soprattutto per l'intera saga di Harry Potter. Io per Bergman, Kubrick, Fellini, Tarantino e per le commedie romantiche. I cartoni animati ci mettono sempre d'accordo, però: e con un pacco di nachos e un barattolo di Nutella da mezzo chilo abbiamo visto – lui per la terza volta, io per la quarta – *Rapunzel*, il più spettacolare capolavoro della Disney degli ultimi anni: la storia della principessa con i capelli magici, vittima della matrigna, che per approfittare del potere di quei capelli la tiene prigioniera in una torre. Una volta l'anno, però, da quella torre Rapunzel scorge ballare nella notte, all'orizzonte, delle lanterne volanti. E la liberazione comincia lì. Dallo stupore e dalla curiosità per quelle lanterne.

"Per la festa di diciotto anni di mia sorella, in Eritrea, papà ne aveva comprate cento e a mezzanotte le ha fatte vola'," ha detto Ato, quando Rapunzel, finalmente fuori dalla torre, può partecipare allo spettacolo delle lanterne anziché sognarlo da lontano. Poi: "Proviamo pure noi, Chia'?".

Le compro "dal Cinese", all'angolo fra via del Boschetto e via Urbana. Un altro negozio – del mio quartiere nuovo di questa città eterna – di cui non mi ero mai, mai accorta: ma quando sono uscita di casa ho suonato a Cristina del centro estetico e le ho chiesto dove avrei potuto trovare delle lanterne volanti, lei mi ha risposto senza indugio: “Dal Cinese, all’angolo fra via del Boschetto e via Urbana. Ha tutto. Ti serve un costume da Babbo Natale? Un adattatore? Un ferro da stiro? Lui ce l’ha”.

E in effetti, il Cinese ha anche le lanterne. Ne prendiamo due.

Sulla confezione c’è scritto:

Le lanterne volanti sono molto facili da usare, sicure, e rispettose dell’ambiente. Grazie alla loro unicità permettono un’emozione indimenticabile per feste, matrimoni, party, eventi aziendali o sociali. Moltiplicando il numero di lanterne in aria nello stesso momento, avrete un’esperienza molto piacevole. Durante il volo di 10 minuti possono arrivare fino a mille metri di altezza.

E all’interno ci sono le istruzioni.

1. Rimuovere con delicatezza la lanterna dalla confezione.

Le rimuoviamo: Ato la sua, io la mia. Con delicatezza.

2. Fissare la cella di alimentazione sull’apposita croce metallica situata sull’anello di base.

Ato sarà anche un pessimo ballerino di hip-hop, ma al contrario di me ha dalla sua una certa naturale manualità: e fissa le celle di alimentazione alla base delle lanterne.

3. Aprire la lanterna tenendola per l’anello alla base, e muovere la lanterna affinché si gonfi.

Imito Ato che fa ondeggiare la sua lanterna, lentamente. Affinché si gonfi: finché si gonfia.

4. Accendere la cella combustibile, dopo l'accensione capovolgere la lanterna tenendola per le estremità superiori.

Ho di nuovo bisogno di Ato: accende prima la mia e poi la sua.

5. Accertarsi che la cella di alimentazione non venga a contatto con la carta della lanterna.

"Ti sei accertato?"
"Sì. Stai attenta pure te, però."
"Sto attenta."

6. Una volta accesa la cella di alimentazione, attendere 40-60 secondi, fino a quando la lanterna finisce di gonfiarsi. Non appoggiare la lanterna al pavimento per evitare che possa attaccarsi per il rilascio di cera dalla cella combustibile.

Attendiamo. Le lanterne finiscono di gonfiarsi. Non le appoggiamo al pavimento. Le lanterne evitano di attaccarsi al suolo.

7. Se la carta esterna si buca o si brucia, la lanterna è compromessa e non può partire.

Ma va'?

8. Lasciare la lanterna solo quando spinge verso l'alto

ed è gonfia. Non forzare assolutamente la partenza spingendola verso l'alto.

Ci affacciamo alla finestra della cucina.
E le lasciamo andare.
Senza forzarle.

9. Ammirate, ora, l'effetto magico e coreografico.

La lanterna di Ato parte: alta, coraggiosa e veloce, s'incammina per il buio e per le stelle.

La mia invece non decolla e sembra puntare dritta al palazzo di fronte. Ecco, lo sapevo. Altro che effetto magico e coreografico: la mia lanterna farà come ha fatto la mia vita. Adesso si sfracella.

La lanterna si avvicina al palazzo. Di più. Ancora di più.

E?

Arriva una folata di vento. O forse un pezzo di nuvola. Un qualche uccello. Che comunque la riporta su.

Lontana dal palazzo di fronte, lontana dal nostro, sale, sale e corre a raggiungere l'altra.

Ato mi sorride: "Che bellissime".

Mentre quelle ballano, lucenti, nella notte.

E penso alla torre di Rapunzel.

Dentro la sua matrigna, le sue certezze, le sue paure.

Fuori tutto il mondo.

E penso a Egoland.

Dentro le mie certezze, le mie paure.

Fuori?

Per ora, e ancora per dieci minuti, due lanterne.

Che ballano, lucenti, nella notte.

Mentre Ato sorride. E: "Che bellissime," ripete.

18 dicembre, martedì

alba 7.33 – tramonto 16.41

alla cassa, in libreria

Scrivere è, semplicemente, il mio unico rimedio all'esistenza.

È sempre stato così, fin da quand'ero bambina e mi chiedevano che cosa desiderassi per il futuro: scrivere romanzi e incontrare un grande amore, rispondevo io.

E per un bel po' di anni sembrava che i miei due desideri si fossero avverati.

Un giorno, però, Mio Marito se n'è andato. Lì per lì ho avuto la sensazione che si fosse portato via, assieme a tutta me, anche la scrittura. Tanto più senza la Mia Rubrica che mi aiutava a scandire il tempo, durante la giornata, e che mi consentiva di arginare i mostri fra la testa e il cuore per confinarli, appunto, nei romanzi.

Di colpo i mostri, sguinzagliati, hanno invaso tutto. I sogni, i pensieri, le gambe, le braccia, il caffè.

"Non scriverò mai più, mai più," ripetevo a Gianpietro tutte le mattine, quest'estate, quando mi ha trascinata a Formentera.

Ma poi è arrivata *quella* mattina. Dove misteriosamente ho sentito che non faceva più così tanto male là dove faceva male. O che forse, ormai, a quel dolore mi stavo abituando. E che in un modo o nell'altro, insomma, potevo andare avanti.

Forse lo stavo addirittura già facendo.

Il giorno dopo, nella veranda della casa di Formentera, ho provato ad aprire di nuovo il computer: l'idea di due donne che al supermercato si spiano la spesa a vicenda e appendono l'una al carrello dell'altra la propria insoddisfazione mi bussava dentro da prima dello sfacelo. Ho provato a rimettermi in ascolto. Bussava timida, inizialmente, bussava piano, l'idea. Comunque scrivevo. Anche solo per fare una cosa. Per fare *quella* cosa. L'unica capace di mettermi nelle condizioni di dire "io", mentre mi riferisco a me. L'unica capace di riconsegnarmelo, quell'io. Pure se lacerato e rimbambito com'era, com'è.

Anche grazie al giorno dello smalto fucsia e all'ispirazione che mi ha regalato Cristina del centro estetico con l'immagine del sottovuoto, nonostante continui a non avere più una vita, almeno il nuovo romanzo c'è.

Magari sarà una schifezza, però lo sento, mentre lo scrivo.

E questo per ora mi basta.

Qualche giorno fa ho spedito la prima metà a Giulia, la mia editor, che oggi mi ha telefonato per cominciare a ragionare sul titolo.

"Sei sicura di volerlo intitolare *Quattro etti d'amore, grazie?*"

"Sì. Il punto è proprio quello, no? Le due protagoniste implorano, ognuna a modo suo, un po' d'amore. Non tanto: poco. Nemmeno mezzo chilo. E sono disposte perfino a ringraziare chi glielo offre."

"Certo, certo. E poi c'è la metafora del supermercato, che così arriva subito. Guarda che a me il titolo piace, Chiara. Ma mi chiedo se non ingeneri degli equivoci, se non faccia pensare a un romanzetto rosa..."

"Mmm. Dici?"

“Purtroppo siamo in Italia. È un paese provinciale, il nostro. Ti invito solo a pensarci.”

“Ma tu non la avverti la disperazione pazza e definitiva che c’è, in un titolo così?”

“Io la avverto, anche perché ho letto la prima metà del libro... Ma certi critici potrebbero, a prescindere, storcere il naso. Sia chiaro, io fossi in te me ne fregherei, ma voglio metterti in guardia. Anche perché, per fortuna, esistono i lettori...”

“Credi che anche i miei lettori potrebbero venire respinti da un titolo così?”

“Potrebbero.”

“...”

“Chiara?”

“Sì, sì. Stavo pensando. E se lo intitolassi *Sottovuoto*?”

“*Sottovuoto*?”

“Come ti sembra?”

“Non è male, no, ma...”

“Ma come titolo ha poca personalità.”

“Già.”

“Mentre *Quattro etti d’amore, grazie* ha personalità, ma rischia di essere frainteso.”

“Come tutto quello che ha personalità.”

“Già.”

“Pensiamoci. Vuoi accettare i rischi di un titolo azzardato, ma che sicuramente si fa notare, o preferisci un titolo che magari non si fa notare tanto, ma ti mette al riparo dagli equivoci? Questo è il punto.”

“È questo, sì.”

“E ricordati che, comunque, gli unici da non deludere sono i tuoi lettori. Pensa a loro, quando pensi al titolo.”

“Ok.”

“Ciao.”

Mi stendo sul letto.

Ma esistono davvero "i lettori"?
Me lo chiedo spesso, me lo chiedo ora.
E se esistono davvero, chi sono?
Cercano, in un libro, una personalità?
La temono?
Davvero: chi siamo? Mi ci metto anch'io, naturalmente: che cosa cerco, in un libro? Che cosa non accetto? In che modo ho qualcosa a che fare, per esempio, con tutti gli appassionati come me di Philip Roth? In che misura faccio parte dell'esercito dei "suoi lettori"? Che cosa ho, nel profondo, in comune con loro? E che cosa non ho, nel profondo, in comune con gli appassionati di Asimov, da cui non sono mai riuscita a farmi conquistare del tutto? Penso al lettore di Asimov più fedele che conosco e penso a quello che mi ha contagiato con il suo amore per il vecchio Philip. A chi somiglio di più, dei due? A entrambi. A nessuno.

Mi alzo, infilo il cappotto direttamente sul pigiama che da stamattina, purtroppo, ancora non trovo un motivo valido per togliermi, e vado: alla libreria Ibs, la più grande del quartiere, all'inizio di via Nazionale.
Alla cassa c'è un signore sulla cinquantina, con gli occhi chiari, un sorriso aperto e malinconico insieme. Dal cartellino che porta sulla camicia scopro che si chiama Giuseppe.
Mi avvicino a lui: "Scusi, Giuseppe".
"Sì?"
"Le dispiacerebbe se mi mettessi qui in cassa vicino a lei, zitta e buona, per dieci minuti?"
"Cosa?"
Gli spiego velocemente la faccenda dei dieci minuti e il desiderio di passarli, oggi, alla cassa di una libreria.
Per vedere se i lettori esistono.
E, se esistono, cercare di capire finalmente chi sono.

Giuseppe è troppo indaffarato per fare domande: nel frattempo si è formata una coda piuttosto lunga.

Mi fa cenno di mettermi vicino a lui e riprende a lavorare.

Scopro che in dieci minuti, a una settimana esatta da Natale, alle quattro del pomeriggio, in una delle più grandi e centrali librerie di Roma, la gente compra:

La casa sopra i portici di Carlo Verdone
Storia di un corpo di Daniel Pennac
Fai bei sogni di Massimo Gramellini
Sul guardare di John Berger
50 sfumature di estasi. Il manuale di Marisa Bennett
L'inverno del mondo di Ken Follett
Il Tao della fisica di Fritjof Capra
Novecento di Alessandro Baricco
Un matrimonio inglese di Frances H. Burnett
Cosmopolis di Don DeLillo
50 sfumature di estasi. Il manuale di Marisa Bennett
Il nuovo vocabolario italiano Zingarelli
Open di Andre Agassi
Inferno. In un mondo di guerra 1939-1945 di Max Hastings
Storia di un gatto e del topo che diventò suo amico di Luis Sepúlveda

Chi sono, dunque, "i lettori"?

Sono senz'altro persone molto diverse fra loro.

Anche le uniche due che, in dieci minuti, hanno comprato lo stesso libro, a vederle hanno davvero poco, pochissimo in comune: una era una ragazza di più o meno vent'anni, la coda alta, i jeans strettissimi, un orecchino a forma di teschio e uno a forma di lisca di pesce. L'altra una signora sui settanta, bardata in un tailleur severo, di panno beige.

Siamo diversi, appunto. Molto diversi fra noi. Leggiamo per noia, per curiosità, per scappare dalla vita che facciamo, per guardarla in faccia, per sapere, per dimenticare, per addomesticare i mostri fra la testa e il cuore, per liberarli.

Non ci somigliamo per niente anche se teniamo in mano, amiamo, detestiamo, e se per Natale regaleremo a chi ci è più caro, lo stesso libro.

Non ci somigliamo per niente.

Fatalmente, è proprio per questo che, sì: non c'è dubbio.

Esistiamo.

Ed è questo, forse, che intende la mia editor, quando mi suggerisce di pensare ai lettori.

È un modo per dirmi sceglilo tu, tu e basta, il titolo, scegli tu ognuna delle parole del tuo nuovo romanzo, perché siano ognuna uguale solo a se stessa.

Com'eravamo noi, tutti, in quella fila, dietro o davanti alla cassa. Uguali solo a noi stessi, con la speranza di affidare a un'altra storia la nostra. Per perderla, per ritrovarla.

Per rimediare, in qualche modo, all'esistenza.

19 dicembre, mercoledì

alba 7.33 – tramonto 16.41

semi di lattuga e peperoncino

"Tesoro, allora: vai in pescheria e ordina un misto mare per sei, un'orata da un chilo e mezz..."

La voce di Gianpietro strilla e raschia dalla segreteria telefonica. Rotolo nel letto, che a ogni risveglio mi pare troppo grande mentre in realtà sono io a essere troppo sola, mi allungo verso il comodino e alzo la cornetta: "Che ore sono?".

"Le sette. Credevo tu fossi già in piedi."

"Invece devo ancora bere il caffè e tu mi parli di pesce."

"Senti, tesoro: sii collaborativa, per cortesia. Vogliamo o no che sia una cena perfetta, quella della nostra vigilia?"

A Vicarello, alla nostra cena, il più delle volte ci pensava mia madre. Verso le sette attraversava l'orto che separava le due case e ci portava una teglia di polpette o di lasagne, le verdure dell'orto bollite, grigliate.

Anche Mio Marito, negato per quanto riguarda l'orto, è però sempre stato piuttosto bravo a cucinare: e i pochi mesi in cui abbiamo vissuto insieme in questa casa, in questo quartiere, a fare la spesa e a inventarsi qualcosa ci pensava lui.

Insomma: avrò anche imparato a preparare i pancake e il tiramisù, ma non so nemmeno dove sia, da queste parti, una pescheria.

Come al solito, chiedo a Cristina del centro estetico.

“Ce ne sono due,” mi risponde. “Ma la migliore è proprio alla fine della tua via. Falla tutta e ci sbatti contro.”

A differenza della Casa del Ricamo, quando sbatto contro la pescheria realizzo che sì, certo, ci sono passata davanti parecchie volte. Una parte del mio cervello, insomma, sapeva benissimo dov’è: evidentemente i posti, proprio come le persone, si accendono e rivelano di essere al mondo non solo perché c’è spazio, ma perché hanno un senso, solo quando siamo disponibili a capirlo. Quando abbiamo bisogno di loro.

La gestione della pescheria è chiaramente familiare: al bancone c’è un ragazzo sulla trentina che ha rubato la stazza al signore alla cassa e la faccia alla signora appollaiata su uno sgabello, all’entrata, impegnata a dispensare ricette.

“Se volete un antipasto un po’ diverso, potete prende der carpaccio de branzino, der carpaccio de salmone, intreccialli assieme e fare come delle piccole rose,” sta spiegando a tre clienti che la seguono come fosse un guru. “Poi aggiungete du’ mandarini, dell’insalatina mista, cento grammi de uva rosata e state a posto. Ma se ce sparate sopra un po’ de peperoncino è ancora mejo. È sempre mejo, quanno c’è er peperoncino.” Una ragazza che avrà più o meno la mia età, ma il piglio di chi in una pescheria sa destreggiarsi benissimo, entra in quel momento e chiede alla signora di ripetere da capo. La signora ricomincia. La ragazza prende appunti.

Gianpietro aveva ragione: sono tutti qui per la cena della vigilia.

“È stata fortunata,” mi fa il signore alla cassa, quando lascio l’acconto per il mio misto mare e per l’orata. “Oggi pomeriggio chiudiamo con le ordinazioni per il 24.”

“Di già?”

“E che, il Natale aspetta lei, signori’?” interviene la moglie, dallo sgabello. “Quello nun c’ha rispetto de nessuno.”

Mi incammino di nuovo verso casa.

Penso alle cene che Mio Marito improvvisava. Alle verdure grigliate di mia madre. A tutte le cose che gli altri fanno al posto nostro, per noi: dobbiamo essergliene grati? Ma certo. Anche se quelle stesse persone, mentre ci sollevano da un'incombenza, ci tolgono la possibilità di un'esperienza. Colpa loro? A volte. Colpa nostra? Sempre.

Penso al Natale che *nun c'ha rispetto de nessuno.*

E pensando e camminando, camminando e pensando, eccolo: un fioraio.

Come la pescheria, una parte del mio cervello ha sempre saputo che era qui, lungo la strada di casa mia. Ma, come la pescheria, mi pare sia stato costruito nella notte e abbia aperto solo ora. Ora che io ne ho bisogno.

Entro sparata e spiego alla proprietaria, una specie di vichinga alta e massiccia, con un paio occhiali minuscoli, a virgola, la montatura arcobaleno: "Vorrei provare a seminare".

"A seminare che cosa?"

"Boh. Del peperoncino?" La butto lì, condizionata dalla signora della pescheria: *è sempre mejo, quanno c'è er peperoncino.*

"Il peperoncino si semina a marzo," sentenzia la vichinga.

"Ah," dico io. Ma in realtà mi chiedo: e se fosse un'opinione?

Abituata come sono al relativo, lavorando con le parole, mi fido poco delle verità perentorie. Anche e soprattutto se hanno a che fare con degli effetti naturalmente collegati a delle cause. Sarà che il sindaco di Vicarello, quando ci ha sposati, "finché morte non vi separi," aveva promesso, a me e a Mio Marito. Perentorio. E invece ci ha separati la vita. Allora: "Fa lo stesso," dico alla fioraia. "Prendo comunque dei semi di peperoncino."

"Se provasse con la lattuga?" insiste lei. "È l'ideale, in questo periodo."

Senta: io ho dieci minuti da impiegare in qualcosa di nuovo e siccome oggi all'improvviso ho questo dubbio qui, che mi gratta dentro – ma gli altri, quando fanno qualcosa per noi, ci danno o in realtà ci tolgono un'occasione? –, vorrei provare a lavorare la terra. Proprio io che sono nata e cresciuta davanti a un orto. Che però hanno lavorato sempre i miei genitori, per me. Questo vorrei risponderle.

Ma mi esce solo: "Ok. Mi dia una bustina di semi di peperoncino e una di lattuga, allora".

"Perfetto."

"E un sacco di terra."

"I vasi ce li ha?"

"No."

"Eccoli qui. Li tenga in un luogo asciutto. Né troppo caldo, né troppo freddo. La terra dev'essere sempre umida, mi raccomando."

"Sì."

"Per il peperoncino, comunque, dovrà aspettare almeno la fine di febbraio."

"Vedremo."

"Vedrà."

È eccitante. Sì. Affondare le mani in un sacco pieno di terra e riempire due vasi è eccitante. Altro che youporn. Mi salgono dei brividi imprevisti per la schiena. Era da più di un anno che non mi ricordavo di avere un corpo.

Invece forse ce l'ho ancora.

Chissà se mia madre e mio padre provano questo, quando lavorano nell'orto: questo piacere bambino, selvaggio, questa tentazione di affondare anche le gambe, la faccia, tutto, nella terra fresca. Fino a dimenticarsi di sé e ricordarsi così di un altro sé. Più pericoloso, più profondo. Scemo, eterno e nuovissimo.

Tante cose, se i miei provassero questo, si spiegherebbero. Perché non mi hanno mai spinta a lavorare al posto loro, per esempio.

Quando fanno qualcosa per noi, gli altri ci consegnano o in realtà ci tolgono un'occasione?

Chi lo sa. Non lo sappiamo noi, che affidiamo quel qualcosa agli altri. Non lo sanno gli altri, che fanno quel qualcosa per noi.

Affondo ancora le mani nel sacco. Ancora. Ancora.

Semino la lattuga.

Affondo le mani nel sacco.

Semino il peperoncino.

Affondo le mani nel sacco. Ricopro i semi con altra terra, come è consigliato sulle bustine. La inumidisco, come ha consigliato la fioraia. E sistemo i due vasi su una mensola, in cucina. Dove non batte il sole. Ma non fa mai davvero freddo.

"Vero che ce la farai?" sussurro all'orecchio del vaso con i semi di peperoncino. "Ce la farai, vero?"

E affondo ancora le mani nel sacco. Ancora. Ancora.

20 dicembre, giovedì

alba 7.34 – tramonto 16.42
primo quarto di luna 6.20

un pannolino

Errico Buonanno ha fatto parecchie cose originali e preziose: libri come *Piccola serenata notturna*, *Sarà vero* o *La sindrome di Nerone*, e due figli.

Il primo, Peppino, ha un anno e un mese, e io sono la sua madrina. Il secondo, Carletto, è nato tre settimane fa.

Errico e Claudia, proprio come me e Mio Marito, stanno insieme dall'ultimo anno delle superiori.

Loro però resistono.

Noi facciamo scuola guida.

Non avevo ancora conosciuto Carletto, ed eccolo qui: innocente, spaurito, neonato in braccio a sua madre.

Claudia ha i capelli cortissimi, sempre la solita salopette di jeans, le solite scarpe da ginnastica sfasciate, mille lentiggini, mai un filo di trucco: sembra una bambina. Eppure è un'oculista quotata. Una che va e viene da Miami per convegni internazionali. Una che un'estate ha preso e se n'è andata in Uganda con Medici Senza Frontiere. Una che a trentadue anni, tre settimane fa, ha appena partorito per la seconda volta. E ora sorride, pronta a mettere i suoi figli a disposizione dei miei dieci minuti.

"Vuoi cambiare il pannolino a Peppino o a Carletto?" mi chiede.

"C'è qualche differenza?"

Errico e Claudia si guardano, complici.

"C'è una differenza enorme," risponde Errico. "Carletto ha ancora il cordone ombelicale attaccato, bisogna fare attenzione, pulirlo per bene. La sua cacca è verde, liquida e odora di pajata."

"Quella di Peppino invece è come la nostra," taglia corto Claudia. "Ma in dieci minuti, se ti guido io, puoi cambiarli tutti e due."

Cominciamo da Peppino.

Sarò di parte, perché è il mio unico figlioccio e perché sono sinceramente affezionata ai suoi genitori, ma credo che sia davvero un bambino eccezionale. Spudoratamente sicuro di essere amato, curioso, furbo, un po' matto.

Adesso, per esempio, mi studia come fossero suoi e basta, questi dieci minuti, e fosse lui a fare un esperimento. Ma per fortuna gli esperimenti gli piacciono. E, steso sul fasciatoio, sgambetta divertito.

"Levagli i calzoncini," mi guida Claudia. "Bene. Poi slaccia il body e apri il pannolino."

In effetti, la cacca di un bambino di un anno non ha niente di diverso dalla nostra. Nel bene e nel male, come dire.

"Adesso acchiappa le gambe con una mano sola, sollevale e sfila via il pannolino sporco."

Peppino è dalla mia e rende tutto naturale.

"Dove si buttano i pannolini sporchi?" chiedo: ed è una delle tante domande che, per merito o per colpa dei dieci minuti, scopro di non essermi mai posta.

"In certi comuni c'è un cassonetto apposito," mi spiega Errico. "Ma qui vanno nella raccolta indifferenziata. E per il momento, in una busta che teniamo sul balcone."

Proseguo. Pulisco Peppino con delle salviette umide, lo spalmo di crema idratante, lo risollevo tenendolo per le gambe, gli faccio scivolare il pannolino pulito sotto il sedere e glielo chiudo.

Errico ha cronometrato il tempo dell'operazione: sei minuti.

Passo a Carletto. I movimenti sono gli stessi, ma c'è il cordone ombelicale da pulire. Claudia mi insegna a levare la garza vecchia, a cospargere di alcol denaturato la nuova e ad avvolgerla intorno al cordone.

Ci metto sette minuti.

"Come sono andata?"

"Benissimo," garantiscono Errico e Claudia.

Purtroppo, Peppino e Carletto non possono dire la loro: ho sempre la sensazione che i bambini con me si trovino apparentemente a loro agio, ma non perché si sentono protetti. Perché sentono l'ebbrezza di doversi proteggere da soli. Di stare fra coetanei, insomma.

Claudia prepara un tè, io mi butto sul divano con Carletto sulla pancia, Errico e Peppino giocano con una mucca e un maiale di gomma che gli ho portato, come anticipo sul regalo di Natale.

"Chissà perché, in tanti anni, non vi ho mai intervistato per la Mia Rubrica," dico.

"Perché siamo normalissimi," ribatte Claudia.

"Appunto."

In "Pranzi della domenica" ho dato spazio a qualsiasi modello familiare. Per un anno il giornale mi aveva anche permesso di andare all'estero: e ho pranzato con dei fondamentalisti mormoni, nell'harem di uno sceicco, in un orfanatrofio a Yushu, in Tibet.

Improvvisamente mi domando se, a furia di confrontarmi con le infinite variazioni che la vita consente allo stare insieme, non abbia perso di vista dei fondamentali che le rendono tutte uguali, le famiglie.

Per esempio tollerarsi.

Rassegnarsi all'odore delle rispettive cacche.

Dare per scontato che gli altri sono la nostra grande occasione, certo: ma sono anche la nostra più infinita fonte di guai, la nostra disperazione, una tremenda rottura di palle.

"Sono scappato perché tu eri diventata insopportabile, Mister Magoo."

Me lo ribadisce a ogni lezione di scuola guida, Mio Marito. Anche ieri, mentre mi sforzavo di scalare le marce senza far grattare la frizione.

"Insopportabile, eri diventata."

Come se non fosse diritto di Carletto, fare la cacca verde che odora di pajata, come se non fosse diritto di Peppino, giocare con la mucca e il maiale proprio adesso che Errico vorrebbe starsene in pace sul divano a bere il suo tè, come se non fosse diritto di Errico, avere la tentazione di sgozzare la mucca e il maiale, come se non fosse diritto di tutti, ogni tanto, essere fastidiosi. Puzzolenti. Logorroici. Muti. Un po' stronzi. Insopportabili.

"Forse Mio Marito e io non ce l'aspettavamo," penso, a voce alta.

"Che cosa?" mi domanda Claudia.

"Che l'altro esistesse a prescindere da noi. Che non fosse lì esclusivamente a nostra disposizione."

"E tu saresti pronta, adesso, a metterlo in conto?" chiede Errico, mentre Peppino, già stufo della mucca e del maiale, insiste per ficcare le manine dentro la teiera.

"Se lui fosse pronto, sì. Sarei pronta," rispondo. "Ma temo che lui sia della stessa opinione."

"Uno dei due però deve cominciare," dice Claudia, ma senza voler esprimere un qualche giudizio: lo dice soave. Oracolare.

"Io sono troppo ferita dal suo abbandono per andargli incontro," ammetto.

"Allora cerca di capire se può farlo lui." Sempre Claudia.

Sempre soave. "Almeno, però, mettilo nelle condizioni di provarci."

"Vorrei. Ma evidentemente non ci riesco."

"Sai?, Peppino, i primi mesi, appena rimaneva di là, in camera, nel suo lettino, se noi eravamo qui in salotto cominciava a piangere come un ossesso."

"E voi?"

"Noi avevamo le orecchie e il cuore a pezzi, ma lo lasciavamo piangere. Era l'unico modo perché imparasse a dormire anche senza che fossimo nella stessa stanza."

"Ha imparato?"

"Sì." Di colpo sparisce l'oracolo e arriva l'oculista, arriva il medico. Arriva la diagnosi. Arriva la cura giusta, l'unica possibile: "È faticoso non essere a disposizione di chi amiamo, Chiara. Ma a volte ci tocca. Quella disponibilità infinita non aiuta noi e non aiuta loro".

Esco da casa di Errico e Claudia, mi avvio alla metro. Fra mezz'ora avrei un'altra lezione di scuola guida con Mio Marito.

Dovrei prendere la linea A, per arrivare al garage del suo collega.

Prendo la linea B: torno a casa.

Mio Marito comincia a chiamarmi subito, cinque minuti dopo l'ora del nostro appuntamento: non sono mai in ritardo, io, soprattutto se si tratta di lui. E lui lo sa.

Non gli rispondo.

Arrivo a casa, annaffio il mio peperoncino, la mia lattuga.

Mi passo sulle unghie dello smalto rosso che ho comprato da Cristina, oggi pomeriggio.

Non mi piace, lo tolgo, ne provo uno celeste. Mi piace.

Mio Marito continua a chiamarmi.

Metto il silenziatore al telefonino, stacco il telefono di casa.

Preparo una crêpe al prosciutto, il procedimento è più o meno lo stesso dei pancake.

Mangio e provo a dormire.

21 dicembre, venerdì

SOLSTIZIO D'INVERNO

alba 7.34 – tramonto 16.42

non so chi sei: ti amo

E se avessero ragione i Maya? Se oggi davvero fosse oggi, se fosse il 21 dicembre 2012?

Qual è l'ultima cosa che non ho mai fatto e che farei?

Non so. Perché ne farei una che ho già fatto, questa è la verità: ragiono, mentre corro sul tapis roulant, in palestra. Nel rumore delle troppe, troppe parole fra me e Mio Marito, tanto più dopo il pomeriggio di ieri a casa Buonanno, vorrei tornare a quando c'erano solo quelle due. Semplici. Che bastavano a tutte le altre.

Vorrei che qualcuno, se lui non può più dirle, le dicesse a me.

Vorrei dirle a qualcuno, se a lui non posso più dirle.

E allora blocco il tapis roulant. Vado nello spogliatoio, prendo il cellulare. Digito un messaggio: TI AMO. Poi torno nella sala dei tapis roulant e delle cyclette, mi avvicino a un tizio che sta pedalando con la foga di chi davvero sembra volersi mettere in salvo dalla fine del mondo.

"Scusi..."

Il tizio si ferma, si gira: è il Cinese! Il proprietario del negozio dove ho comprato le lanterne magiche. Non avevo idea che frequentasse anche lui questa palestra. Era stato molto cortese con me, quel giorno. Ma ora è chiaramente infastidito per aver dovuto interrompere il suo allenamento. Sorrido. Lui no.

Gli allungo il cellulare: “Potrebbe scegliere un nome a caso, dalla mia rubrica telefonica, e inviare il messaggio che ho appena digitato?”.

Continua a fissarmi con quella vaga ostilità e non si muove.

“È una specie di roulette russa... Insomma, sa, sto facendo una specie di esperimento steineriano, ma è una faccenda lunga da spiegare, fatto sta che ogni giorno devo fare una cosa nuova per dieci minuti e oggi, siccome potrebbe finire il mondo, vorrei dire ti amo a qualcuno, a caso, e vedere l’effetto che...”

Il Cinese mi sfila dalle mani il cellulare, studia velocemente la rubrica, sceglie un nome, manda il messaggio. Mi restituisce il telefono e riprende a pedalare. Sempre in silenzio.

Lo ringrazio e torno nello spogliatoio: adesso dovrò rimanere per dieci minuti a tu per tu con l’effetto di questa roulette russa a forma di messaggio.

A chi sarà stato inviato il mio TI AMO? Al mio editore? Al direttore del giornale che mi ha licenziata? Al responsabile di Ato? A quella certa persona che? A quell’altra?

A Mio Marito?

Sono agitata, fibrillo.

Passano sette minuti e poi eccolo: il *bip bip*.

Il messaggio è stato inviato a Mattia, un mio amico di Lecce con l’anima profonda e delicata. L’ho conosciuto alla presentazione di un mio romanzo, anni fa. Mi si è avvicinato per una dedica e abbiamo cominciato a parlare di padri, di figli. Di tutto quello che mi sta a cuore, insomma. E che sta a cuore anche a lui.

TUTTO A POSTO, CHIARA MIA?, mi risponde.

Devo aspettare altri tre minuti prima di chiamarlo e spiegargli la questione.

Li aspetto.

Uno.

Due.

Tre.

Lo chiamo e chiarisco.

Ma sta di fatto che, se oggi finisse il mondo, avrei detto "ti amo" e in cambio mi sarei sentita rispondere "tutto a posto?".

Come se, insomma, non fosse normale dire "ti amo", non fossi normale io, a dirlo.

Come se non mi fosse più consentito.

E?

Comincio a piangere. Piano. Poi forte. Nello spogliatoio della palestra.

E?

Digito un altro messaggio.

A tutta la mia rubrica lo mando, stavolta. Tranne al direttore che mi ha licenziata e a pochi altri. Tranne a Mio Marito. Lo mando ai miei ex coinquilini: a Carlo che oggi vive a Bruxelles, ad Alessandra che vive a Torino, a Vincenzo il cuoco, a Igor l'attore. E poi, ancora. A Rodrigo, a Manuel, a Roberto. A Michele, che ho conosciuto quando il mio amico Rocco è morto nel più stupido degli incidenti stradali, perché lui voleva bene a Rocco e io pure. Ai cugini di Rocco, Ivan e Tatiana. Alle mie cugine, Michelle e Carolina. A Elisa18, a sua sorella, ai suoi genitori, a sua zia, a suo zio, a Francesco, il suo fidanzato, che ha un ristorante a Firenze. A Gioia, che ho incontrato al mercatino. A Errico e a Claudia. Alle persone che, quando la mia vita non aveva più senso, continuavano a darglielo: a Giada, Francesca, Annalisa, Nolan, Annalena, Laura, Luz, Alessandro, Walter. A Francesco e alla sua Anna. A Roberta e a Claudio. A Daniela, Roberto, a Davide e Alessandro. A Fabiano e a Maria Chiara. A Erica e a Marco. A Eugenio e a Claudio. A Rachele e a Serena, le Ebernies. E ancora. Ad Alberta, anche se vive in Africa: ma chissà, potrebbe fare una pazzia e prendere, all'ultimo, un aereo. Ad Anastasia, Antonella, Antonio. A Carlo C., Chiara, Clara. A

Eleonora, Elettra, Enrica, Federica, Fulvio, Irene. A Lorenzo, a Loula, a Luciano, a Luisa. A Luca e a Guido, che tifano Roma con me. A Niccolò, Nicola, Nicole. A Paolo, Patrizia, Patrizio. A Roberta, a Roberto. Ai miei compagni delle superiori: a Emiliano, Valerio, Davide, a Filippo, a Gaia, la mia compagna di banco delle medie che mi ha spiegato come si bacia con la lingua. A mio fratello, all'ex fidanzata di mio fratello, ai suoi compagni di università. A Daniela, la proprietaria della casa di Formentera dove sono stata con Gianpietro, quest'estate. Ai Torpedoni che vivono nel pulmino giallo, al pluridivorziato che vive su youporn, a tutti i protagonisti della Mia Rubrica "Pranzi della domenica". Ai miei vicini di Vicarello, all'edicolante, al barista, alla fidanzata del barista. Al tappezziere, a sua moglie, a sua figlia Ilaria. A Claudia, che porta a spasso Laika. A Silvestro, Silvia, Sylvie, Susanna. A Giorgina, Giulia, Giuliano. A Maddalena, Marco, Mario. All'ufficio stampa della mia casa editrice, alla mia editor, ai correttori di bozze. Ai responsabili della Città dei Ragazzi, agli operatori. A Cristina e a Tiziana del centro estetico. A Valentina, a Vanella, a Wanda. A Giorgio.

IL 25 DICEMBRE, DA DOPO PRANZO A QUANDO TI PARE, TI ASPETTO A CASA MIA. FACCIAMO NATALE INSIEME, DAI.

Questo messaggio va al mondo intero.

Facciamo Natale insieme, dai.

Ti prego.

Non mi lasciare sola.

22 dicembre, sabato

alba 7.35 – tramonto 16.43

tagliare i capelli

Oggi per Ato cominciano le vacanze di Natale.

D'accordo con i responsabili della Città dei Ragazzi, le passerà qui da me.

Mi sembra il giorno ideale perché finalmente si faccia fare una cosa che da troppo tempo rimanda: e perché a fargliela sia io.

"Non troppo corti, ti prego," mi implora.

"Non ti preoccupare. Sembri un cespuglio, ormai. Fidati di me," lo rassicuro.

Lo faccio sedere, gli sistemo un asciugamano sulle spalle e gli spunto un ricciolo. Un altro. Sono tantissimi, così lunghi, intricati e pazzi, i capelli di Ato.

Sforbicio per dieci minuti.

Finché un tappeto di riccioli d'inchiostro si stende per la cucina.

"Finito," annuncio.

Ma ancora prima di farmi ammirare per bene il mio capolavoro, lui scatta in piedi e corre in bagno a guardarsi allo specchio. Torna in cucina desolato.

"Che c'è?"

"Ho l'aria scema di Dudley, il cugino di Harry Potter." La voce, spezzata, è quella di chi si sforza di non piangere, ma vorrebbe proprio farlo. “Un Dudley negro. Ecco cosa sono. Faccio schifo.”

“Non ho presente questo Dudley, ma non fai assolutamente schifo. Guardati bene, sei molto fico.”

È vero: forse ho un po’ esagerato, e soprattutto ai lati l’ho quasi rasato. Però sembra più grande. Più fiero. Ancora più raro.

“Boh, sarà.” Tira su col naso. “Ma a me i cambiamenti proprio non mi piacciono. Hai presente che cosa voglio dire, Chia’?”

23 dicembre, domenica

4ª D'AVVENTO

alba 7.36 – tramonto 16.44

le voci nei discorsi degli altri

Mi sveglio e trovo Rodrigo in cucina, ad armeggiare con delle cuffie e con uno strano coso. È arrivato stanotte, dopo un concerto a Viterbo, gli ho lasciato le chiavi sotto lo zerbino e ancora non ci eravamo incontrati.

"Già in piedi?"

"Veramente sto per andare a dormire."

"Ah."

"Ma sono pazzo di questo microfono."

Me lo fa vedere: è un microfono direzionale professionale, capace di rilevare qualsiasi conversazione nel raggio di duecento metri.

"È di un mio amico che fa il fonico, me lo ha prestato fino a stasera. Gli serve per il tappeto sonoro di un videoclip sperimentale, ma di solito si usa per le investigazioni private. Capisci? Tu sei in un ristorante e puoi ascoltare tutto quello che dice la gente agli altri tavoli. Anche se sussurra."

"Rodrigo?"

"Eh."

"Tu adesso riposi, no?"

"Sì."

"Posso usarlo io, il microfono direzionale? Solo per dieci minuti."

Rodrigo va a dormire e io esco, con il microfono in borsa, le cuffie alle orecchie.

Vado su e giù per il quartiere. L'odioso quartiere.

Con cui però, mio malgrado, suo malgrado, un po' di confidenza la sto prendendo.

Me ne accorgo solo ora: mentre passo davanti alla pescheria. E la riconosco. Passo davanti al fioraio. La vichinga, dentro, sta sistemando delle stelle di Natale sul bancone: riconosco lei, riconosco il bancone. Passo davanti alla Casa del Ricamo, al Cinese. La riconosco, lo riconosco.

Il desiderio nasce da quello che osserviamo ogni giorno, sibila Hannibal Lecter a Clarice Starling nel *Silenzio degli innocenti*, per farle capire che non deve cercare troppo lontano: l'assassino è il vicino di casa delle vittime.

È così? Se continuerò a osservare questo quartiere, ad avere a che fare con i suoi fiorai, le sue pescherie, i suoi mercatini della domenica, finirò per desiderare di abitare qui, o quantomeno accetterò di farlo?

E se lo farò, sarà un fallimento o una conquista? Una conquista, non c'è dubbio, direbbe la dottoressa T. Ma "soffre ciò che cambia, anche per farsi migliore". Chi è che lo diceva? Hannibal Lecter? No. Credo Pierpaolo Pasolini. E a modo suo l'ha detto Ato, ieri, dopo che gli ho tagliato i capelli.

Continuo la mia passeggiata e, per spegnere i pensieri, accendo il microfono.

L'impatto è micidiale: di colpo sono dappertutto. O meglio. Di colpo tutto è nelle mie orecchie. La canzone di Patty Pravo che la vichinga sta fischiettando, mentre mette a posto il negozio. Le chiacchiere dei clienti in fila alla pescheria. Quelle di tutte le persone sedute al bar della piazzetta nel cuore del quartiere, dove anch'io mi siedo, ordino un cappuccino. Direziono il microfono ora a un tavolino, ora a un altro. E resto in ascolto. Con gli occhi chiusi.

"Dov'è la fermata dell'autobus che porta direttamente alla nuova Fiera di Roma?"
"Su via Nazionale, credo."
"No, è su via Cavour."
"Che gli regali, a Paolo, per Natale?"
"Un maglione. Della Timberland."
"Ho comprato delle scarpe per il trekking proprio ieri, della Timberland."
"Hai visto su twitter che casino, dopo che Berlusconi è andato ospite alla trasmissione della D'Urso?"
"Selvaggia ha scritto: la D'URSO CHE È TANTO AMICA DELLE DONNE, COME MAI NON CHIEDE A SILVIO PERCHÉ LE MINORENNI NON LE HA LASCIATE ANDARE AL CINEMA CON LE AMICHE?"
"Io ho scritto: NEL MEDIOEVO C'ERA LA PESTE BUBBONICA, ORA ABBIAMO BARBARA D'URSO."
"Io invece ho scritto VERGOGNA. E basta."
"Secondo te davvero ci sarebbe qualcuno ancora disposto a votarlo?"
"Voglio sperare di no."
"Che c'è in quella centrifuga?"
"Oggi pomeriggio Monti twitta il manifesto della campagna elettorale."
"Arancia, carota e zenzero."
"Ho fatto il nuovo abbonamento della Tim. Dieci euro, quattrocento minuti di chiamate, mille sms, due GB di Internet."
"Belen è bella, è simpatica, fa i balletti, sta senza mutande: ha detto così Emma."
"Però lei da Simona Ventura ha risposto: 'C'è chi se lo può permettere'."
"Che stronza."
"A me sta simpatica, invece."

“Hai letto, su ‘Repubblica’? Praticamente, i dipendenti della Apple dicono che Steve Jobs era fascista.”

“In effetti prima, sui treni, eravamo disponibili a fare amicizia. Ora, per colpa sua, stiamo tutti con il naso ficcato nell’iPad.”

“Assurdo, il cartellino rosso a Marquinos.”

“Ma perché mi stai sempre appiccicato alla vita?!” Arriva come una stella cometa, si fa largo fra i discorsi che la gente fa mentre esiste, di domenica, a due giorni dal Natale. Un urlo. Mi violenta i timpani, devo abbassare il volume del microfono: “Cosa vuoi di più da Dio: eh?! Le scimmie sul tuo albero sono sempre le stesse, cazzo! Sempre le stesse!”.

È la Matta. Senza sforzarsi troppo con la fantasia, la chiamano così, nel quartiere. Cristina del centro estetico mi ha raccontato che viene da una famiglia molto ricca e nobile, e che a un certo punto ha preso e ha mollato tutto. Il blasone, la villa ai Parioli, il marito, la figlia. La ragione. E si è messa a vagabondare. I primi tempi che abitavo qui, ogni volta che la incrociavo avevo l’impressione che mi promettesse qualcosa di minaccioso e di inevitabile.

Ficcava gli occhi scuri, penetranti, nei miei, scuoteva i ricci bianchi, se la prendeva con Dio, sfregava il viso austero sulla manica del suo caftano blu, elegante: e a me sembrava che sapesse. Da quant’è che non fai più l’amore con Tuo Marito?, mi sembrava che chiedesse. Da quanto non andate a mangiare fuori, da soli? Da quanto non ti chiede come stai, non gli chiedi come sta?

E una volta che Mio Marito è sparito a Dublino ho avuto la certezza che la Matta se lo aspettava. Che le facevo pena. O forse un po’ schifo. Che pensava, ma guarda questa: s’era illusa di stare al mondo e averla scampata. Chi si credeva di essere?

“Se non sei Francesco De Gregori, non sei Francesco De Gregori! E se fossi Francesco De Gregori, saresti solo Francesco De Gregori! Basta! Kaputt!" continua a urlarmi nelle orecchie, adesso, anche se in realtà sta discutendo fitta, come al solito, fra sé e sé, accucciata sui gradini della chiesa davanti al bar.

"Francesco De Gregori forever, sei contento? Povero ippopotamo... O dentro o fuori, ma se stai sulla porta dello zoo mi blocchi il traffico, togliti!"

E lo so che non è giusto. Lo so che è troppo facile, così. Ma da quando ho acceso il microfono, cioè da sette minuti per l'esattezza, queste sono le prime parole che mi rincuorano. Per quanto riguarda l'umanità, tutta. Si levano in volo sopra i tweet contro Barbara D'Urso, contro Berlusconi, sopra quello che ha detto Belen, sopra quello che hanno detto di Steve Jobs, si arrampicano su, assurde, fosforescenti e sante, su, sempre più su, come fossero lanterne magiche, falchi, bolle di sapone, mentre la realtà rotola nei suoi abbonamenti alla Tim, perché sia sempre più facile dirsi in tempo reale chissà che cosa di fondamentale, rotola nella sua sagacia, nella sua indignazione, nelle sue stronzate. E noi con lei.

Avrei fatto di tutto perché non s'insinuasse mai, fra me e Mio Marito, la realtà.

Vai tu alla posta?

Se mi dai una mano, forse possiamo evitare di far venire la donna delle pulizie due volte, anziché una: no?

Hai fatto infeltrire l'unica sciarpa a cui ero affezionato, maledizione.

Tua madre non ti ha insegnato a svuotare la lavatrice?

La tua non ti ha insegnato a non rompere il cazzo?

Stronzo.

Stronza.

Ma vaffanculo.

Di tutto, avrei fatto: eppure chissà quando, chissà come, mi sono distratta. Ho abbassato la guardia. La realtà si è insinuata. Ed è stata più forte di noi.

PERCHÉ NON MI RISPONDI PIÙ?, mi ha scritto Mio Marito, stanotte, dopo aver provato a chiamarmi senza sosta, negli ultimi tre giorni.

PERCHÉ SE NON SEI FRANCESCO DE GREGORI, NON SEI FRANCESCO DE GREGORI! E SE FOSSI FRANCESCO DE GREGORI, SARESTI SOLO FRANCESCO DE GREGORI! BASTA! KAPUTT!, gli rispondo, adesso.

CIOÈ?, scrive lui, subito.

CIOÈ SCEGLI: O DENTRO, O FUORI. MA SE STAI SULLA PORTA MI BLOCCHI IL TRAFFICO.

Mentre gli altri continuano a sussurrare, convinti, fra di loro, e a parlarmi, inconsapevoli, nelle orecchie.

"Però l'iPad è tanto utile."

"Quanti follower ha, Fini?"

"Un centrifugato carota e arancia, grazie. Ma senza zenzero."

"Io sono quasi a duemila."

"Che poi lo sai anche tu, che De Gregori è finlandese. O credi di no? Che sia siberiano, credi?"

24 dicembre, lunedì

alba 7.36 – tramonto 16.44

come babbo natale

Ato e io andiamo alla stazione, per accompagnare Rodrigo che parte e per accogliere Gianpietro che arriva.

Perché.
Domani.
È.
Natale.

Anche se, per diciotto dei miei trentacinque 24 dicembre, ero da qualche parte, nel mondo, con Mio Marito, e invece oggi non c'è un paese strano attorno a me, non c'è Mio Marito vicino.

Anche se, per trentaquattro dei miei trentacinque 24 dicembre, sul mio passaporto, da qualche parte, nel mondo, c'era l'indirizzo di Vicarello a farmi da domicilio.

Anche se, per otto dei miei trentacinque 24 dicembre, cercavo ispirazione per la Mia Rubrica, da qualche parte, nel mondo: be'.

Oggi è comunque il 24 dicembre. Ma, soprattutto.

Domani.
È.
Natale.

Eccolo che ci viene incontro lungo il binario, finalmente, con le anche che ondeggiano, le braccia spalancate, una sciarpa di velluto viola e gialla attorno al collo.

"Sei splendida," mi dice.

"Sei splendida," gli dico.

Da quando conosco Ato, non l'ho mai visto così allegro. Ride, guardando finalmente in faccia la zia Piera, ride mentre parla, ride mentre ascolta.

Gianpietro è un vero bipolare: il suo umore schizza da picchi esagerati e contagiosi di entusiasmo a baratri sconfinati di malinconia.

Nei primi tempi in cui vivevamo insieme, quando tornavo a casa potevo trovarlo a provare la coreografia di un balletto visto in televisione, o stramazzato sul divano, con gli occhi appesi al soffitto.

Piuttosto che annoiarsi, preferisce sprofondare in qualche abisso e farsi del male, insomma.

Io non sono molto diversa da lui e la nostra convivenza è stata esaltante, ma molto faticosa. Se, fatalmente, un suo picco positivo coincideva con un mio picco positivo, era festa, dentro e dappertutto. Se però a coincidere erano i picchi negativi, potevamo arrivare a non lavarci per giorni e a contemplare il soffitto insieme, facendo a gara a chi trovava, lassù, l'indizio più estremo dell'inutilità del nostro stare al mondo.

La nostra amicizia, non a caso, si è radicata da quando Gianpietro è andato a lavorare a Palermo: a distanza di sicurezza riusciamo a darci il meglio, perfino se ognuno dei due è alle prese con il proprio peggio.

Per fortuna, comunque, nelle ultime settimane l'ho sempre sentito vivo, partecipe, favoloso.

E oggi, dal treno, è scesa la sua versione più luccicante.

"La Tua Marita?" mi fa, mentre ci incamminiamo verso casa.

"Non gli rispondo al telefono da quattro giorni."
"Perché?"
"Perché deve decidere. O dentro o fuori. Se resta sulla porta mi blocca il traffico."
"Bella questa."
"Non è mia, è della Matta del quartiere."
"Andiamo bene."
"Sai, Gianpi? Mi manca sempre. Sempre. Ma avere a che fare con i suoi dubbi e le sue paure, dopo tutto quello che è successo, mi fa solamente sentire ancora più forte la sua nostalgia. La nostalgia di noi." Me ne rendo conto ora, mentre lo dico.
"Ci credo, tesoro. Anch'io ho smesso di insistere e di telefonare a mio padre, tanti anni fa, più o meno per lo stesso motivo," dice Gianpietro. E non ci sono paillette, nella sua voce. Però tornano subito: "Adesso andiamo in pescheria a ritirare il misto mare e l'orata, forza. E poi procuriamoci tre vestiti da Mamma Natale".
"Da Babbo Natale?"
"Eh. Uno per me, uno per te e uno per la mia nipotina. Scusa: che cosa avevi in mente, oggi, per i tuoi dieci minuti?"
"Invitare a cena la mia famiglia per la vigilia mi pareva già abbastanza, per quanto riguarda le novità."
"E invece giriamo per il quartiere vestiti da Mamma Natale, per dieci minuti. Dai! Poi cominciamo a fare le persone serie e pensiamo alla cena. Ti va?"

"Ti serve un costume da Babbo Natale? Un adattatore? Un ferro da stiro? Lui ce l'ha," aveva detto Cristina quando mi aveva parlato per la prima volta del negozio del Cinese.
Così, mentre Gianpietro ritira il pesce, torno lì.
"Ha tre costumi da Babbo Natale?" chiedo, sperando

che il Cinese non riconosca in me la fastidiosa compagna di palestra di tre giorni fa.

Ma: "Vuoi tu che io mando nuovo messaggio con tuo telefonino?" mi fa lui, immediatamente.

"No, grazie." Abbasso lo sguardo. "Anzi, mi scusi per l'altro giorno. Era un esperimento, non volevo disturb..."

"Nessuno disturbo," mi interrompe lui. "È che quel giorno io molto, molto nervoso. Mia moglie rotta gamba e grande confusione, nella casa e qui al negozio, senza lei che aiuta. Come se non basta, poi, mio figlio andato a Cagliari, da sua fidanzata, per il Natale. Mia moglie triste. Triste e gamba rotta, mia moglie."

"Mi dispiace," dico. "Ma domani il negozio è chiuso, no?"

"Sì, domani unico giorno di anno che negozio chiude."

"Perché non venite da me, lei e sua moglie? Ho invitato un po' di amici. Da dopo pranzo in poi, quando vi pare, potete raggiungerci."

"Grazie, signora. Ma io non voglio fare invadenza."

"Nessuna invadenza: davvero. Anche per me domani non sarà una giornata facile, e più siamo, meglio è."

"Perché non facile? Tuo figlio non passa Natale con te e famiglia? Tu triste? Tu gamba rotta?"

"Sì. In un certo senso sì. Io triste. Io gamba rotta."

Infiliamo sopra i vestiti i pantaloni rossi e la casacca. Ci mettiamo il cappello con il pompon.

La natura schiva di Ato recalcitra: "La barba non la voglio mette: e se per strada incontro un mio compagno di classe? Mi vergogno".

"Non fare la scema e attaccati quella barba, forza," lo convince la zia Piera. "Sono solo dieci minuti. Conciati così non ci riconoscerà nessuno. Anch'io ho una reputazione da difendere, che ti credi."

Fatto sta che usciamo.
Per il quartiere.
Come fossimo Babbo Natale.
Moltiplicato per tre.
Senza pancia, senza fretta, senza il cuore traboccante di gioia, pronto a dispensarla per il mondo.
Nel cuore, questo Babbo Natale trino ha buchi, strappi, lividi, ha un matrimonio in crisi, un padre incapace di capire, una famiglia persa in Eritrea.
E il bisogno di fare scivolare i prossimi dieci minuti.
Ato tiene gli occhi fissi sul quadrante dell'orologio, non vede l'ora che passino.
Gianpietro e io, invece, ci proviamo un certo gusto: non tanto a essere Babbo Natale, ma più che altro a non essere noi, credo.
Mi accorgo subito che se, una mattina come tante, al centro di Roma, puoi camminare di spalle senza che nessuno si curi di te, la mattina della vigilia di Natale devi stare attento a quello che fai.
Perché non passerai inosservato.
"Mamma! Guarda!"
"C'è Babbo Natale!"
"Ce ne sono tre!"
I bambini ci indicano, per strada. Uno punta i piedi, tira la madre per la gonna: "Voglio la foto! La foto!" strilla.
Naturalmente Gianpietro e io ci mettiamo a sua disposizione.
Ato preferisce scattare la foto.
Continuiamo il nostro giro.
Gianpietro si accende una sigaretta.
Io ricevo una telefonata e mi attacco al cellulare.
Ato ci fa notare: "Babbo Natale queste cose non le fa, però".
Ha ragione.

Gianpietro spegne la sigaretta.

Io il cellulare.

Arriviamo alla piazzetta nel cuore del quartiere, ci sediamo sugli scalini della chiesa e Gianpietro intona, fra sé e sé e poi alzando la voce: "*Jingle Bells, Jingle Bells...*".

"No, dai. Questo è troppo," fa Ato, e si nasconde la faccia fra le ginocchia.

Gianpietro insiste: "*Jingle Bells, Jingle Bells,*" canta. E più Ato si vergogna, più trilla, acuto: "*Jingle all the way...*".

Finché Ato alza la faccia dalle ginocchia. E gli va dietro. Gli vado dietro anch'io.

"*Jingle Bells, Jingle Bells, Jingle all the way...*"

Accucciati sui gradini della chiesa della piazzetta del quartiere.

Con le nostre casacche rosse, le nostre barbe adesive bianche.

"*...oh what fun it is to ride in a one-horse open sleigh...*"

Una signora fa cadere un euro, ai nostri piedi.

Un bambino ne fa cadere due.

In dieci minuti, ne raccogliamo tredici.

Màscherati da Babbo Natale, la mattina della vigilia, passeggia per il centro di Roma e non confidare nella possibilità che nessuno si curi di te.

Confida, invece, in una specie di gratitudine: perché tutti, a modo loro, hanno bisogno di venire riconciliati con il Natale che incombe.

Confida in una specie di compassione: perché, se sei conciato così, è evidente che il primo ad aver bisogno di riconciliarsi con il Natale che incombe sei proprio tu.

"Buonissimo: tutto."

"Tutto: buonissimo."

Commentano i miei genitori.

In effetti Gianpietro si è davvero superato, stasera. La paella era perfetta, perfetta la cottura dell'orata, delle patate arrosto, perfetta una salsa alle acciughe e all'aceto balsamico che ha sperimentato.

Molto prima che arrivassero i miei, io ho cominciato a bere prosecco: di solito mi basta mezzo bicchiere per staccarmi da me, e a cena appena iniziata avevo già finito, da sola, una bottiglia.

Così, al momento del tiramisù, non realizzo esattamente chi sia, ad alzare l'ennesimo bicchiere e a urlare, stridula e scomposta: "Buon Natale!".

Ma potrei essere io.

Mi vengono dietro tutti, è evidente che non aspettavano altro che il permesso di farlo: "Buon Natale," dice mio padre.

"Buon Natale," dice mia madre.

"Buon Natale," dice mio fratello.

"Buon Natale," dice Gianpietro.

"Buon Natale," dice Ato.

"Buon Natale," ripeto io. "Buon Natale."

25 dicembre, martedì

NATALE

alba 7.36 – tramonto 16.44

natale con chi vuoi

Ato, Gianpietro e io abbiamo pranzato con gli avanzi di ieri.

Dalle due del pomeriggio, poi, è cominciata ad arrivare gente. Alle quattro di notte ancora suonava il citofono.

È durato sedici ore, questo Natale.

Ma per dieci minuti, verso le otto di sera, sono stata in un angolo del salotto, sprofondata in una poltrona, a osservarli: tutti.

Quelli che tre giorni fa hanno ricevuto il mio messaggio, IL 25 DICEMBRE, DA DOPO PRANZO A QUANDO TI PARE, TI ASPETTO A CASA MIA. FACCIAMO NATALE INSIEME, DAI. E che oggi sono qui. Ce l'hanno fatta. Anche se hanno dovuto prendere un treno in giornata da Milano, come Rodrigo. Un aereo da Bruxelles, come Carlo, il mio ex coinquilino. Da Torino, come Alessandra, l'altra mia ex coinquilina, l'amazzone. Ce l'hanno fatta. Compagni delle medie, del liceo, protagonisti della Mia Rubrica, editor, gente incontrata per caso, gente incontrata per sempre, perfino il Cinese e la moglie. Ce l'hanno fatta. Hanno portato panettoni, pandori, torroni, hanno portato bottiglie di vino, salami, regali per Ato. Li guardo mangiare, bere, chiacchierare, lamentarsi, dividersi una sedia, perché lo spazio è quello che è, li guardo guardare la televisione, stendersi per terra a pancia sotto, perché a pranzo hanno esagerato, li guardo addormentarsi sul bracciolo del divano, accendersi una sigaretta.

Nessuno di loro è Mio Marito.

Ma sono tutti qui. A fare Natale. Con me.

E sono ottantanove.

Sono tanti.

Tantissimi, sono.

E?

Da quando la mia vita è vuota non mi ero mai accorta che fosse così piena.

26 dicembre, mercoledì

alba 7.37 – tramonto 16.45

telefono amico

Mentre la casa esplodeva di invitati e di Natale, verso le due di notte, mi sono chiusa in bagno con Annalisa.

A parlare di Mio Marito.

Poi mi sono chiusa con Giada nella camera di Ato.

A parlare di Mio Marito.

Si è aggiunta Annalena, si è aggiunto Nolan.

A parlare di Mio Marito.

E, una volta andati via tutti, invece di commentare la festa, alle cinque del mattino, che cosa ho fatto con Gianpietro?

Ho parlato di Mio Marito.

Non faccio altro da un anno.

Perché è davvero perverso l'amore.

Quando c'è, parli con una sola persona di tutte le altre.

Quando entra in crisi, parli con tutte le altre di una sola persona.

L'unica con cui, a parlare, non riesci più.

E giorno dopo giorno ecco che non è più davvero una persona, quella persona: a forza di parlare di lei anziché viverla, diventa un puntino. Un ologramma.

Qualcosa di indistinto, di ingannevole, di fatuo.

Annalisa e Giada sono le mie amiche più strette: penso, mentre sistemo la cucina, trasfigurata dopo l'invasione di ieri, e passo lo straccio.

Annalena scrive, alta e leggera come nessuno, per la rivista su cui tenevo la Mia Rubrica. È come se fossimo state compagne di scuola per otto anni, e idealmente siamo ancora lì, a dividere lo stesso banco e a scambiarci, mentre nessuno ci guarda, gli appunti per le interrogazioni a cui sempre lei, quella stronza della Professoressa Realtà, ci chiama. Ovviamente e purtroppo, da un anno e mezzo, quegli appunti riguardano tutti il mio matrimonio.

Nolan, invece, è il nostro testimone di nozze.

Insomma, anche per loro Mio Marito, al momento, è un puntino, un ologramma.

Troppo caro, da sempre, e troppo distante, adesso, perché sia davvero lui, quello a cui ci riferiamo, mentre diciamo "lui".

Perfino la dottoressa T. mi è utile proprio perché mi conosce bene, certo: ma, per lo stesso motivo, non rischia di essere viziata dalla confidenza che ha con il mio inconscio, quando esprime un parere sul mio matrimonio?

Forse, chissà, mi farebbe bene raccontare tutto, da capo, a qualcuno che non conosco.

Che non conosce Mio Marito.

Capire che cosa si vede a guardarla da fuori, la nostra storia.

E allora oggi potrei investirli così, i miei dieci minuti.

Ma sì.

Mollo lo strofinaccio, accendo il computer e digito su Google: TELEFONO AMICO.

Esisterà ancora qualcosa del genere, nonostante le chat, nonostante facebook, nonostante meetic, nonostante le infinite, immediate possibilità, per chi ha un problema, di dire al mondo "ciao, ho un problema!", e di sentirsi rispondere, di default o per interesse fa lo stesso, "quale problema?"?

Resisterà ancora, qualcosa del genere?

Esiste, resiste.

Compongo il numero.
Un pianoforte suona qualcosa che credo vorrebbe infondere serenità.
A me mette una certa inquietudine.
"Telefono amico: pronto?"
"Buongiorno. Mi chiamo Chiara."
"Buongiorno, Chiara. Telefono amico ti ascolta e io sono Barbara. Dimmi."
"Mio Marito e io ci conosciamo da quando avevamo diciotto anni e ora ne abbiamo trentasei."
"Sì."
"Ci siamo amati tanto. Forse addirittura troppo. E ci amiamo ancora."
"Una grande fortuna."
"Non lo so, Barbara, se è una fortuna. Non so più niente, ora come ora."
"Perché? Te la senti di raccontarmi che cosa è successo?"
"Certo. Mio Marito, dieci mesi fa, mentre era a Dublino, mi ha telefonato e mi ha lasciata."
"Dev'essere stato terribile."
"Per almeno sei mesi non ho capito più niente. Nemmeno dove fossero i miei capelli. Le chiavi. I denti. Ho perso nove chili."
"Quindi adesso il trauma è superato?"
"...sì. Se intendi la fase in cui non mi ricordavo dove fossero i miei denti, sì: quella è superata. E ho anche ripreso quattro chili. Ma per certi versi la fase che sto attraversando è ancora più difficile."
"Perché, Chiara?"
"Perché adesso capisco quello che succede."
"Dunque?"
"Quello che succede non mi somiglia."
"Te la senti di spiegarmi meglio che cosa succede?"
"Mio Marito è tornato."

"Non volevi che tornasse?"
"No. Cioè: sì. Per tutti i mesi in cui è sparito, non ho desiderato altro."
"Dunque?"
"Dunque volevo che tornasse per stare con me."
"Invece?"
"Invece non è tornato per stare con me."
"Perché è tornato, allora?"
"Per stare con me, certo. Ma lui non lo sa."
"Com'è possibile?"
"È confuso."
"Tu sei sicura di volerlo ancora, dopo quello che ti ha fatto?"
"Perché me lo chiedi, Barbara? Stai forse insinuando che in realtà sto cercando solo un modo per lasciarci meglio di come ci siamo lasciati? E che lui sta facendo lo stesso?"
"Io volevo solo dire ch..."
"Ma non è possibile lasciarsi bene, purtroppo."
"Dici?"
"Dico, Barbara. Dico. Non è possibile per nessuno. E comunque non è possibile per noi due."
"Certo, dopo tutti questi anni... Ti capisco, Chiara."
"No, guarda: la questione non è il tempo passato insieme."
"In che senso?"
"Nel senso che, anche se lo avessi incontrato ieri, Mio Marito, oggi mi sarebbe necessario. L'ho avvertito subito così. Necessario. I nostri Primari sono in realtà uno solo, capisci?"
"Sei straordinaria, Chiara."
"No, non è vero, Barbara. Sono assolutamente nella media. Ma Mio Marito mi ha raggiunto proprio in quel particolare punto di noi dove, se toccati, riusciamo a sentirci almeno un po' speciali. Addirittura fantastici, in certi momenti. A casa... Ecco. Riusciamo a sentirci finalmente a casa, se toccati in quel particolare punto. Capisci?"

"Capisco."
"E quando un essere umano ti tocca lì, è dura farne a meno. Hai paura di perdere tutta te stessa, perdendo lui."
"Ma non è così. Tu sei tu. Con o senza tuo marito."
"Mmm."
"Un lavoro ce l'hai?"
"Sì, faccio la scrittrice. Avevo una rubrica su un settimanale, fino a qualche mese fa: poi mi hanno licenziata e hanno dato il mio spazio alla posta del cuore di Tania Melodia."
"La vincitrice morale del *Grande Fratello*?"
"Lei, sì."
"Una tipa in gamba. Ha avuto tre storie, mentre era nella Casa."
"Due contemporaneamente: lo so."
"Robe che di solito fanno gli uomini. Ma lei ci ha vendicate tutte."
"Già."
"..."
"..."
"Va un po' meglio, Chiara?"
"Sì, certo. Grazie, Barbara."
"Sono contenta. Chiama quando vuoi, Telefono amico è attivo ventiquattr'ore su ventiquattro."
"Grazie."
"Buon anno nuovo."
"Buon anno nuovo anche a te."
"Mi raccomando. Ricordati che tu sei tu, con o senza tuo marito."
Riaggancio.
La telefonata è durata dodici minuti.
Che strano.
Credevo che mi sarebbero suonate nuove, le parole di un estraneo che commentasse la storia mia e di Mio Marito.

Invece le parole che mi sono suonate più nuove sono quelle che ho usato io, per parlare a un estraneo di noi.

Noi chi?

Due che si sono amati tanto, forse troppo.

Che ancora si amano.

E potrebbero avere l'occasione di tornare insieme.

Ma forse cercano quella di lasciarsi meglio.

Cosa che non è possibile.

A loro, come a nessuno, se ci si tocca in quel punto lì.

Dove corriamo il rischio di sentirci, finalmente, un po' speciali.

Fantastici, in certi momenti.

A casa.

27 dicembre, giovedì

alba 7.37 – tramonto 16.46

gli arcani maggiori

Il mio rapporto con la magia e con l'esoterismo è sempre stato controverso.

Non dubito che esista qualcosa di più grande di noi, che tutto prescinde e prevede. Anzi. Ne sono certa.

Proprio per questo, però, credo che quel qualcosa non vada disturbato, interpellato, credo che vada lasciato lì dov'è.

Sperando sia clemente e ci ripaghi con lo stesso rispetto.

Da quando la madre, vent'anni fa, ha abbandonato lui e il padre per una cartomante, poi, Mio Marito ha sviluppato un'allergia per chiunque prospetti la possibilità di un dialogo con il soprannaturale.

E ha contagiato anche me.

Fatto sta che Gianpietro, per Natale, non a caso mi ha regalato un mazzo di tarocchi.

Scappa anche tu da lui: con una cartomante o con chi ti pare (io tifo per Javier Bardem...), ma scappa, ha scritto sul bigliettino d'auguri.

Ha scelto dei tarocchi speciali, Gianpietro: li ha disegnati a mano, nel 1986, un artista austriaco. Ecletic Tarot, si chiamano.

Non ho ancora avuto modo di guardare per bene il mazzo, ma stamattina Ato e Gianpietro non accennano a svegliarsi, la casa si culla in una specie di pace e io ho dieci minuti per imparare qualcosa di nuovo.

Così apro il mazzo, studio le carte.

Sono settantotto. Divise, scopro studiando il libretto delle istruzioni, in Arcani maggiori e Arcani minori. Gli Arcani maggiori sono ventidue e "si possono considerare come tappe lungo il cammino della vita e della conoscenza di noi stessi". Gli Arcani minori sono cinquantasei, suddivisi in quattro semi come normali carte da gioco.

Devo scegliere da quali Arcani cominciare e non ho dubbi: i disegni sugli Arcani maggiori sono talmente vividi, talmente affascinanti... Il Mago, la Papessa. L'Imperatrice, l'Imperatore. Le Stelle, la Luna, il Sole. La Ruota della Fortuna, l'Appeso. Un universo di simboli, promesse e ammonizioni si srotola, come una tovaglia colorata, sul tavolo della cucina e nella mia testa.

Prendo una carta per volta, leggo la spiegazione sul libretto, la riassumo con parole mie e la trascrivo su un quaderno.

Ho appena finito quando Ato, finalmente, sbuca dalla porta della cucina: "Sei diventata maga, Chia'?" mi chiede. Serio: come se per lui io potessi davvero diventare qualsiasi cosa, basta che ci provi.

Sorrido: "Chissà. Fammi una domanda, pesca una carta e vediamo". Gli allungo il mazzo.

Ato rimane fermo. Si dondola sulle gambe lunghe. Ha paura?

"C'ho paura," ammette.

"Ma è solo un gioco," gli spiego. "Non ho avuto mica il tempo per imparare a leggerli sul serio, i tarocchi."

"Harry Potter dice che la magia è pericolosa. Più la prendi in giro, più ti prende in giro lei a te. Pure un mio compagno di classe fa così. Se gli fai una battuta, quello ti mena. È meglio lasciarle stare, certe cose."

Esattamente quello che ho sempre pensato.

Ma i dieci minuti servono anche a questo: a non pensare, almeno per un attimo, quello che ho sempre pensato.

Allora la cavia la faccio io.

Domando, a voce alta: "Che cosa devo fare, per uscire dalle sabbie mobili in cui si è trasformata la mia vita?".

Mescolo gli Arcani maggiori e ne pesco uno.

Il Matto.

Consulto i miei appunti: *Il Matto consiglia di non resistere al cambiamento e di buttarsi.*

Una striscia di paura, adesso, sale per la schiena anche a me.

Provvidenziale, pronto per portarmi subito altrove, squilla il cellulare.

È il dottor Carmine Pisacane, il responsabile di Ato, alla Città dei Ragazzi. Un tipo carismatico, che reagisce alla durezza di quello che affronta ogni giorno con un atteggiamento soffice, un'aria sorniona e sognante.

"Buongiorno, Pisacane."

"Buongiorno, Chiara."

"Tanti auguri."

"Auguri. Ato sta benissimo: vuole parlare con lui?"

"No, Chiara. Vorrei parlare con lei." Non avevo mai sentito questo tono, nella voce di Pisacane. Quale tono? Non saprei dirlo. Un tono che non avevo mai sentito, comunque.

"Tutto bene, Pisacane?"

"Tutto bene, Chiara. Non si preoccupi."

Troppo tardi: "Che cosa succede?".

"Niente di grave, Chiara. Davvero. Ma avrei bisogno di incontrarla. Che ne dice del 2 gennaio, verso le undici? È libera?"

"...sono libera, sì."

"Chiara, stia tranquilla. Va tutto bene: glielo assicuro. Dobbiamo solo confrontarci sul futuro di Ato."

Solo? Dobbiamo *solo* confrontarci sul futuro di Ato?

Ostento normalità. Perché è davanti a me, e mi guarda, Ato.

"Perfetto, allora ci vediamo il 2."

"Auguri per l'anno nuovo, Chiara."

"Auguri, Pisacane."

Chiudo la telefonata. Ato pende, letteralmente, dalle mie labbra.

"Che cosa succede?" mi chiede, ansioso. "È incazzato con me? Ho fatto qualcosa di male? Devo tornare subito alla Città? Non posso più rimanere qui fino alla fine delle vacanze?"

"Ma no, figurati. Voleva solo farmi gli auguri."

"Ah."

"Davvero."

Ato, giustamente, resta dubbioso.

Gli allungo di nuovo il mazzo: "Se non ti fidi di me, pesca una carta e domandalo ai tarocchi, che cosa voleva dirmi Pisacane. Dai".

Ride.

Rido.

Si sveglia anche Gianpietro, è deliziato dal vedermi alle prese con il suo regalo, pesca una carta, il responso che gli dà non lo convince, ne pesca un'altra: Ato si distrae in fretta dalla telefonata di Pisacane.

Io, invece, non riesco a pensare ad altro per tutta la giornata.

Ma, qualunque cosa debba dirmi Pisacane, qualunque cosa succeda: non resistere al cambiamento. Mi ripeto.

Buttati.

Non resistere al cambiamento.

28 dicembre, venerdì

alba 7.37 – tramonto 16.47

vorrei, vorrei

Gianpietro trascorrerà il Capodanno dal suo nuovo fidanzato: non quello con cui siamo stati quest'estate a Formentera. Un altro. Quello giusto, secondo me. Anche gli ultimi tarocchi che, a modo mio, gli ho fatto ieri, prima di andare a dormire, lo dicono: o almeno ho interpretato così le carte del Sole, della Ruota della Fortuna e del Mondo che ha pescato, una dopo l'altra. Ma lo dicono soprattutto gli occhi di Gianpietro mentre ne parla. E il fatto che lo chiami al maschile: Mikhail. "Fa l'ingegnere, è russo," si è limitato a raccontarmi. È bastato. Non è russa: è russo. Non fa l'ingegnera: fa l'ingegnere. C'è finalmente qualcosa di diverso dal solito, sotto. C'è finalmente qualcosa.

Tanto che oggi Gianpietro lo raggiungerà a Firenze, dove si sono trasferiti i suoi nonni, e passerà gli ultimi giorni dell'anno lì. Con i nonni di Mikhail.

Lo accompagniamo alla stazione e, quando il treno si allontana, Ato fa la sua faccia da lunedì mattina.

Stamattina anch'io mi sono svegliata particolarmente di cattivo umore: non solo per la partenza di Gianpietro e per la misteriosa telefonata di Pisacane, ma anche perché ieri era una settimana da quando ho incrociato, per l'ultima volta, gli occhi gialli di Mio Marito, da quando ho ascoltato la sua voce pastosa, da quando ho respirato l'odore per sempre familiare della sua giacca, della sua macchina.

E oggi è una settimana e un giorno.

Il tempo passa, insomma, e lui no. Non passa.

E nemmeno mi chiama per dirmi ci ho pensato, sai.

Torniamo insieme. Davvero e per sempre.

Però non riesco a chiamarlo nemmeno io, per dirglielo.

Torniamo insieme. Davvero e per sempre.

"Guarda, Chia': un albero bello come il nostro," dice Ato, indicando l'albero gigante che ogni anno troneggia di fronte alla stazione Termini.

Qualche giorno fa, troppo preso dall'arrivo della zia Piera, non l'aveva notato.

Ci avviciniamo. Naturalmente è di gran lunga più maestoso del nostro. È un abete vero, alto e svettante. Da ogni ramo penzolano grappoli di bigliettini. Ne leggo un paio: sono le preghiere per l'anno nuovo che chiunque passi di qui ha nel cuore, scrive e poi appende.

E siccome oggi è proprio questo che mi manca, una speranza qualsiasi, chiedo ad Ato: "Mi tieni il tempo?".

Non ho più nemmeno bisogno di specificare quanto, naturalmente.

Comincio a leggere a voce alta.

Vorrei che la Roma vince 'sto scudetto o almeno arriva in Champions o comunque che Francesco batte 'sto record.

Che il nuovo anno doni ai ricchi la capacità di capire che non è bello essere ricchi in un paese dove regnano la povertà e la precarietà.

Un pisello per la prof di matematica, così si placa.

Che Luca rimane sempre come è adesso.

Che mi cambi la vita.

Essere in regola con gli esami.

Una fracca di soldi per girare il mondo.
Che muoiono tutti i politici.
Avere le ali.
Un anno sessualmente attivo.
Ho distrutto tutto quello che avevo nell'arco di una notte, vorrei per favore riaverlo.
Bella, 2013.
Una ragazza per starci insieme: se me la trovi, falla chiamare al 3663135794.
Baby amore pipì e popò e Monopoli.
Che zio Antonello guarisce.
That my family in Vietnam is always happy.
Un bel ragazzo musicista (basta coi rapper di cacca).
Il mio equilibrio.
Che Manuel smetta di rompere il cazzo a Sabrina.
Da oltre dieci anni vengo cacciato via da tutti i domicili abitativi, da tutti i contesti di lavoro, non ho più nulla, non mi fare finire sul marciapiede.
Yamete yamete.
Che Michael Jackson torna.

Ato mi fa segno che i dieci minuti sono passati.
"E tu?" gli chiedo, allora. "Che cosa vorresti, dall'anno che arriva?"
"Ritrovare la mia famiglia," risponde, senza bisogno di pensarci. "E tu?"
"Più o meno anche," rispondo.
Ato sgrana gli occhi, come se stesse per scoppiare a ridere o magari a piangere, non si capisce, e: "Ma tu ce l'hai, Chia'. Hai tua mamma. Tuo papà. Tuo fratello," dice. Non come per dire brutta imbecille, come fai a paragonare la tua situazione alla mia. Come per dire, proprio: tu ce l'hai, Chia'. Pensa che fortuna.

E gli occhi di moquette nera gli si riempiono di polvere.

Lo stringo a me, come non faccio mai, tanto m'imbarazza il suo imbarazzo per qualsiasi esternazione d'affetto, e gli sussurro in un orecchio: "Ce l'hai anche tu una famiglia. Hai Pisacane, hai la Città dei Ragazzi. Hai me. Hai la zia Piera".

Non è la stessa cosa, pensiamo all'unisono.

Ma nessuno di noi due lo dice.

Ce ne siamo grati.

29 dicembre, sabato
alba 7.37 – tramonto 16.47

all'ikea

Giada è nata e cresciuta a Vicarello, a due case di distanza dalla mia: siamo state nella stessa classe all'asilo, alle elementari, alle medie e anche alle superiori, quando abbiamo cominciato a fare su e giù da Roma.

Oggi fa la maestra di sostegno in una scuola elementare di borgata: è in assoluto la più generosa della mia arca di Noè, oltre a essere fra le poche di cui davvero mi fido.

Un'altra è Annalisa: fa l'attrice di teatro e l'ho incontrata neanche un anno fa, alla presentazione di un libro. Io dovevo presentare il libro, lei doveva leggere dei brani. Mio Marito, due giorni prima, mi aveva telefonato da Dublino. Il mondo intero mi pareva un gigantesco, invincibile nemico, ma Annalisa no. È bastato che mi chiedesse: "Tutto bene?" prima che cominciasse la presentazione, quando mi ha incrociata nel bagno della libreria con gli occhi rossi di chi ha appena pianto o vomitato, o sia pianto che vomitato, come nel mio caso, e l'ho capito subito. Che era un'amica. Una che, a tu per tu con qualcuno a cui evidentemente nulla va bene, non ha paura di chiederlo: "Tutto bene?". E soprattutto non ha paura di farsi carico della risposta.

Non ci fossero state Giada e Annalisa, in questo lungo, lungo anno, non credo sarei sopravvissuta.

Non esagero: nelle prime settimane a Roma, senza Mio

Marito, non mi attraversava nemmeno la mente che bisognasse fare cose come mangiare o dormire.

Con una pazienza di cui non riuscirò mai a sdebitarmi, un'attenzione continua e con le parole sempre giuste, anche bugiarde se ce n'era bisogno, Giada e Annalisa, ogni giorno, me lo ricordavano.

"Mangia."

"Dormi."

"Lui ti ama ancora."

"Cucino io, per te."

"Sicuramente ti ama."

"Resto a dormire qui."

Ancora non sono tornata del tutto in me: e uno degli infiniti motivi per cui smanio di farlo è restituire a queste donne meravigliose la comprensione, la tenerezza e la forza che ogni giorno mi danno.

Stamattina, per esempio: *Vorrei fare, per dieci minuti, un giro all'Ikea. Mi accompagnate?*

Ho scritto per mail, a tutte e due.

Poche ore dopo, eccole qui: mi accompagnano.

Guida Giada, ci aspetta un vero e proprio viaggio, l'Ikea è all'Anagnina, dall'altra parte della città.

"Davvero non ci sei mai stata?" domanda Annalisa.

"Mai."

"Immagino che Tuo Marito dicesse le cose che dicono tutti gli uomini..." fa Giada. "O quantomeno quelle che diceva il mio ex: l'Ikea è il cimitero delle coppie, diceva, solo il senso di colpa può spingere un uomo ad andare con la propria donna in un posto del genere, se ci trascinate lì poi non lamentatevi che il maschio è morto, siete voi che l'avete ammazzato, e così via."

"Sinceramente no, sai? Ero io che non ne volevo sapere."

Ero io, sono sempre stata io.

"Che bisogno c'è, di arredare questa casa?" rispondevo a

Mio Marito quando mi proponeva, appunto, di andare all'Ikea. "Tanto, appena finiscono i lavori di ristrutturazione a Vicarello, torniamo lì, no? Per il momento ci basta e ci avanza avere i vestiti, gli asciugamani e le lenzuola negli armadi."

"Ma almeno qualche mensola per i miei dvd e i miei cd vorrei comprarla."

"Puoi benissimo tenerli negli scatoloni e prendere di volta in volta quelli che ti servono. Io con i miei libri e con la mia collezione di tazze faccio così."

Finché Mio Marito se n'è andato.

E gli scatoloni con i suoi dvd e i suoi cd ora sono nella casa del collega da cui ha affittato una stanza.

"L'avete mai sentita quella canzone? *L'amore ai tempi dell'Ikea*, si chiama," fa Annalisa. "È degli Stato Sociale." Canticchia: "*Il netto senza tara è bassa marea, tutto ciò che si distrugge poi si ricrea, il netto senza tara è amore ai tempi dell'Ikea*".

Giada la segue: "*L'immobiliarismo è una panacea, è un mantra che si dischiude come ninfea, l'immobiliarismo è amore ai tempi dell'Ikea. Le mie scatole sanno di te, le mie scatole sanno di te...*".

Non la conoscevo.

Ma no, le mie scatole non sanno di Mio Marito: anzi. Mi sono decisa ad aprirle quando Ato, la prima volta che è venuto a trovarmi, mi ha chiesto che cosa fossero, tutti quegli scatoloni stipati nella doccia del bagno degli ospiti, e solo allora li ho finalmente aperti, e per il momento ho sistemato libri e tazze nell'armadio dove stavano i vestiti di Mio Marito.

Sanno di Ato, le mie scatole.

Sanno del bisogno di fare spazio che è arrivato con lui.

"Mi ha telefonato il responsabile della Città dei Ragazzi," racconto ad Annalisa e a Giada. "Vuole confrontarsi con me sul futuro di Ato."

"Vorrà solo ragionare sui progressi che sta facendo da quando viene da te per il weekend, stai tranquilla," dice Giada. “Anch’io, una volta al mese, incontro i genitori dell’alunno che seguo.”

“*...il netto senza tara è bassa marea...*” continua a cantare, fra sé, Annalisa.

Tutto quello che c’era da dire è stato già detto, sull’Ikea.

È stato tutto già scritto.

Perfino cantato, è stato.

Una volta arrivate, mi aspettavo semplicemente di contare i secondi dei miei dieci minuti, per uscire il prima possibile dall’inferno di quel troppo di tutto in cui ero sicura di trovarmi.

Ho sempre avuto problemi con i centri commerciali, i grandi magazzini, con tutti quei luoghi mitomani, disumani, eppure costruiti dall’uomo per l’uomo: da un anno a questa parte, poi, piena di lividi come sono, anche andare al cinema mi costa una certa fatica e cinque persone che non conosco già mi sembrano una folla.

Sarà merito di Giada che parla, di Annalisa che canta, del fatto che è il primo sabato dopo Natale e regna la sonnecchiante quiete che segue la tempesta, ma questa leggendaria, mirabolante, pericolosa Ikea mi pare un posto dove è quasi dolce lasciarsi galleggiare.

Compro un abat-jour semplice, blu e bianco, per il mio comodino (ne avevamo due, di abat-jour, Mio Marito e io: uno a forma di Lilo e uno a forma di Stitch, il nostro cartone animato preferito. Ma poi lui è andato a Dublino. La lampada di Lilo e quella di Stitch, il giorno stesso della sua telefonata, sono finite nell’immondizia).

Quattro presine di gomma, per i pancake che verranno.

Un piccolo annaffiatoio giallo, per la mia lattuga e il mio peperoncino.

Cinque mensole di legno chiaro per i miei libri.

Due per la mia collezione di tazze.

Giada compra un servizio di piattini da dessert.

Annalisa un pouf verde fosforescente.

Alla cassa controllo l'orologio: siamo state qui dentro per quarantadue minuti!

Sto per farlo notare alle altre, quando una mano mi afferra per la spalla.

Non è la mano di Giada: è davanti a me. Non è la mano di Annalisa: è al mio fianco.

Mi giro: è la mano di una ragazza con gli occhi lunghi, verdi, un caschetto biondo attorno a un visino di porcellana, un corpo asciutto, sinuoso, avvolto in un pellicciotto di visone.

È la mano di Tania Melodia. La riconosco subito, dalla foto nella sua posta del cuore.

Quella che ha preso il posto della Mia Rubrica.

"Chiara! Non ci posso credere! Sei davvero tu?" urla. E mi abbraccia. Strattona la maglietta di un tipo che spinge il carrello, accanto a lei: "Ti rendi conto, Bob? È Chiara!", chiama un altro tipo, girato di spalle, impegnato a studiare il reparto cartoleria, vicino alle casse: "Federico! Vieni qui! C'è Chiara!".

Si rivolge di nuovo a me: "È un tale onore, aver ereditato lo spazio della tua rubrica. Ho letto tutti i tuoi libri, sai? Abbiamo moltissime cose in comune, io e te. L'ho detto subito al direttore del giornale, quando mi ha chiamata per propormi di prendere il tuo posto. Ah, eccoli qui finalmente... Chiara, ti presento Bob e ti presento Federico. Questa è Chiara, ragazzi!". È fuori di sé dalla gioia.

Bob dev'essere un personal trainer, o qualcosa del genere: è alto, ha le spalle incredibilmente larghe, bicipiti a palloncino che guizzano da una maglietta nera, traslucida, aderente.

Federico sembra un Gesù, ha i capelli lunghi, biondi, gli occhi chiari, un poncho di lana e due piercing, uno sul labbro e uno sul naso.

Mi stringono la mano, cordiali. Senza dire una parola. Ci pensa Tania: "Abbiamo dovuto fare una corsa, nel reparto delle camere da letto, per seminare i paparazzi... Ma si decideranno a lasciarci in pace, una buona volta, o no? Scusa Bob, scusa Federico: potete farvi più in là, ché dobbiamo confidarci fra donne, con Chiara?". Bob e Federico, docili, si allontanano. Tania mi stringe le mani nelle sue e sussurra: "Non riesco a rinunciare a nessuno dei due: che ci posso fare? Finito il *Grande Fratello* ci ho provato, sai. Ma niente. Mi sono indispensabili. E allora abbiamo deciso di prendere casa tutti e tre. Insieme. Siamo venuti qui per scegliere il letto, come immaginerai non è facile trovarne uno adatto a noi... Non mi guardare come fossi un mostro, Chiara, ti prego... A loro va bene così, dunque che male c'è? Bisogna pur viverla, la vita... Bisogna prendersi tutto quello che di buono viene, giusto? E se io non riesco ad amare un solo uomo per volta, che devo fare?, ammazzarmi? D'altronde, il sottotitolo della tua rubrica era 'Famiglia è dove famiglia si fa', no? È diventato il mio motto. Chiara, Chiara, Chiara: spero che non mi avrai odiata, quando ti hanno sostituita con me". Mi abbraccia di nuovo. "D'altronde tu hai tanto dalla vita, no? Hai i tuoi romanzi. Hai la tua intelligenza, la tua sensibilità. Una sfigata come me, se non gode della scia di popolarità di un reality, in che cosa può sperare?" E ride. E mi abbraccia. "Ci scambiamo i numeri di telefono, Chiara? L'ho sempre saputo, dentro di me, che saremmo diventate grandi amiche, noi due. Me lo prometti? Che mi consideri un'amica, da oggi in poi? Che, se ti serve qualsiasi cosa, mi fai uno squillo?" Ancora ride. Ancora mi abbraccia.

"*Tutto ciò che si distrugge poi si ricrea*," mi canta Annalisa, in un orecchio. "*È amore ai tempi dell'Ikea.*"

Mentre Giada ha incollato tutta la sua attenzione su Federico: corrisponde esattamente al suo ideale di uomo.

Purtroppo, lui non la degna di uno sguardo. Ha occhi solo per Tania Melodia.

Per la mia amica Tania Melodia.

30 dicembre, domenica

alba 7.37 – tramonto 16.48

più o meno un bacio, senza controindicazioni

Con l'aiuto di Ato riesco a montare le mensole dell'Ikea, in salotto.

Sistemo i libri, sistemo la collezione di tazze.

E intanto racconto ad Ato del mio incontro con Tania.

"Non avevo mai avuto il coraggio di dirtelo perché tu la odiavi," mi confida lui, "ma alla Città dei Ragazzi lo vedo tutti i lunedì, il *Grande Fratello*. E Tania è stata una concorrente simpaticissima. Anche Bob e Federico. Simpaticissimi. Bob era il bello della Casa. Federico quello intelligente."

Giustamente, Tania Melodia non ha voluto perdersi nessuno dei due primati.

"Bisogna pur viverla, la vita," ha detto ieri. "Bisogna prendersi tutto quello che viene di buono, no? E se io non riesco ad amare un solo uomo per volta, che devo fare?, ammazzarmi?"

Non ho idea di che cosa significhi.

Amare due uomini, intendo.

Ogni volta che, nei nostri diciotto anni insieme, Mio Marito e io ci siamo allontanati, ho cercato comunque lui, negli uomini con cui sono stata.

A parte Stefano Lauro, certo.

Ma quella è un'altra storia.

Completamente diversa.

Eravamo al primo anno di Università, Mio Marito e io. Lui aveva scelto Legge, io Lettere.

Fuori dalle mura del liceo che ci aveva fatti incontrare e innamorare, ci sentivamo persi. Un po' come ci siamo sentiti persi a Roma, in questa casa.

Quella volta, però, a ritrovarci ce l'abbiamo fatta.

Ci abbiamo messo cinque mesi: ma ce l'abbiamo fatta.

Stefano l'ho conosciuto proprio in quei cinque mesi.

Era un mio compagno di corso.

Era introverso, silenzioso e galante: esattamente l'opposto di Mio Marito, che è sempre stato un inguaribile narcisista, verboso e piuttosto maleducato. Per me irresistibile.

Stefano e io passeggiavamo su e giù per il cortile dell'Università e ogni sera ci perdevamo in una telefonata eterna e inutile, che poteva durare fino alla mattina dopo.

Fondamentalmente, chiacchieravo io. Della crisi con quello che sarebbe diventato Mio Marito, della mia crisi in generale, di Letterature Comparate, di niente.

Stefano ascoltava.

Non ho incontrato nessuno, né prima né dopo di lui, che sapesse farlo con tanta attenzione.

Era come se parlasse, ascoltando. Ecco, sì. Stefano parlava, e non correva mai il rischio di dire una banalità, così: ascoltando.

Chissà perché non ci siamo neppure baciati, in quei cinque mesi... Me lo sono chiesto spesso. Me lo chiedo ora.

Per quel sortilegio che avvolge i corpi degli animi che più ci convincono, temo. E per cui va a finire che invischiamo tutti noi stessi proprio con chi, in qualche parte remota del nostro cuore, non ci convince pienamente.

E da un giorno all'altro ci telefonerà da Dublino per dirci: "È finita".

Forse l'amore ha a che fare con un sospetto di fondo.

Con una controindicazione.

Almeno per chi è come me. Perché per chi è come Tania Melodia, con una reale, evidente vocazione al piacere, no: chi è come lei prende "tutto quello che viene di buono".

Prende il più bello della Casa del *Grande Fratello* e il più intelligente.

Non ha paura di essere felice e basta, non ha bisogno del permesso di una controindicazione, per lasciarsi andare.

Chissà.

Gli occhi gialli di Mio Marito lampeggiavano da subito di infinite controindicazioni.

Con Stefano non avevo mai provato nemmeno l'ombra di un sospetto.

Era sfacciatamente romantico, intenso, gli piaceva leggere a voce alta Tolstoj, andare al cinema da solo alle tre del pomeriggio, correre per il lungotevere appena dopo il tramonto, gli piacevano le camelie, Jeff Buckley, l'Atalanta.

E gli piacevo io.

Però non mi ha mai baciata.

Ogni tanto, su facebook, ci scriviamo. Gli faccio gli auguri per il compleanno, lui li fa a me. Niente di più.

Ma oggi, ispirata da Tania Melodia e da una certa idea che si fa strada dentro di me, per i miei dieci minuti quotidiani, mi collego e gli scrivo: *Ciao. Ti andrebbe di vederci, oggi pomeriggio?*

Stefano risponde subito.

E risponde: *Molto volentieri.*

Ci incontriamo alla fermata della metro dove anche questa domenica è di scena il mercatino vintage.

Stavolta tocca davvero ai vestiti, però.

Giriamo a vuoto per le bancarelle.

Stefano è rimasto quello di quindici anni fa: la stessa spontanea raffinatezza dei pensieri, gli stessi gesti felpati, lo stesso sorriso timido.

Senza controindicazioni.

Con i soliti, nauseabondi, infiniti giri di parole di cui ho bisogno, gli racconto del mio ultimo, tormentato anno.

In due frasi mi racconta del suo.

"Insegno Latino e Greco allo stesso liceo classico dove ho cominciato a lavorare dopo la laurea," dice. E poi: "Da qualche mese frequento una mia collega, insegna Francese".

Ci sediamo al bar della piazzetta, beviamo una cioccolata calda.

Io chiacchiero, chiacchiero, chiacchiero.

Lui ascolta, ascolta, ascolta.

Camminiamo per il quartiere, passiamo davanti alla Casa del Ricamo, al fioraio, al negozio del Cinese. Saluto la vecchina, la vichinga, il Cinese.

"Abiti qui da così poco tempo e hai fatto già amicizia con tutti, eh? Non avevo dubbi..." sorride Stefano. "Hai sempre avuto un talento eccezionale con le persone, tu."

Vorrei spiegargli che il mio talento eccezionale, ammesso che lo abbia mai avuto, da un anno e mezzo se n'è andato a puttane, assieme a tutta la mia vita, e che, se non fossi stata costretta da un certo esperimento steineriano, mai avrei saputo entrare in contatto con quelle persone.

Invece mi fermo, chiudo gli occhi e gli chiedo: "Stefano?".

"Sì?"

"Ci baciamo?"

Rimango in silenzio, rimane in silenzio. Cadono secondi. Ne cadono altri. Altri ancora.

Apro gli occhi: Stefano ha un'espressione che, se non lo conoscessi, potrebbe sembrare impaurita. Invece no. È solo dispiaciuta. Mortificata.

"Chiara..." mastica, imbarazzato, fissando le punte delle mie scarpe da ginnastica.

"Stefano..." mastico io, fissando le punte dei suoi mocassini.

"Sapessi quanto l'ho desiderato, questo momento, quindici anni fa." Prova a guardarmi negli occhi, non ci riesce. Torna alle punte delle mie scarpe. "Ma tu eri... imbaciabile... Così ho scritto, una sera, sul mio diario. *Chiara è imbaciabile*."

"Perché? Tu mi piacevi. E molto."

"No, non è vero," ribatte. E finalmente mi guarda. Con quegli occhi castani, sinceri, intelligenti. Buoni. "O magari è vero. Ti piacevo. Ma eri perdutamente, irrimediabilmente innamorata di tuo marito. Non c'era spazio per nessun altro. O almeno non per qualcuno che provasse per te quello che provavo io."

"Non mi ero resa conto che tu..." Incredibile: adesso la più timida sono diventata io.

"Già. Tu non ti limitavi a piacermi, Chiara. Ero proprio pazzo, pazzo di te. Se vuoi te lo farò leggere, il mio diario di quei mesi. Ricordo ancora che cosa ho scritto il giorno in cui ti ho conosciuta. È una persona che vorrei passare il resto della mia vita a vedere ridere. Così ho scritto."

Mi avvicino. Gli prendo il viso con le mani. Lui mi prende i polsi. E? E li allontana, dolcemente.

"Mi dispiace, Chiara. Sono molto legato a Sophie, adesso. Sono proprio pazzo, pazzo di Sophie."

"Sophie?"

"La mia collega."

"La tua collega di Francese. Certo. Perdonami."

"Sarò ridicolo, lo so..." Fissa di nuovo le mie scarpe. "Ma se sono innamorato, non riesco a..."

"Certo, certo. Perdonami, perdonami."

Vorrei sparire ora. Subito. Subito vorrei sparire. Provo a sorridere. Ma mi viene da piangere. E una lacrima non resiste: scappa.

Stefano la asciuga con un dito. Mi passa il dito sulle labbra. Sempre così, come sa fare lui: dolcemente.

"E poi, avresti davvero voluto sprecare il nostro primo bacio per fare un dispetto a tuo marito?" mi domanda.

"Non era quello, il motivo." Niente da fare: le lacrime ormai hanno il via libera e scivolano dagli occhi, indisturbate, per tutta la faccia.

"Sicura?"

"No!" Finalmente ridiamo. Ride lui e rido io, mentre però continuo a piangere.

"Senti, Stefano."

"Dimmi."

"Almeno un abbraccio."

"Cosa?"

"Me lo puoi dare?"

Stefano apre le braccia, mi dice vieni qui e mi stringe a sé. Mi abbraccia come si abbraccia una nonna che compie cento anni, una bambina che si è appena sbucciata il ginocchio, come si abbraccia un amore gentile, innocente, senza controindicazioni, un amore che avrebbe potuto essere, ma non è stato, non sarà.

"Grazie," gli sussurro. "Adesso resta così, Stefano. Ti prego. Almeno per un po'. Giusto dieci minuti."

31 dicembre, lunedì

SAN SILVESTRO

alba 7.38 – tramonto 16.49

harry potter

E così, anche questo 2012 ci è riuscito.

È arrivato al capolinea.

Per l'occasione, ho chiesto ad Ato di farmi un regalo: scegliere per me che cosa fare, oggi, dei miei dieci minuti.

È stato senza dubbio l'anno più impossibile e faticoso della mia vita, quello che se ne va.

Rimettermi alla volontà di un altro, fosse soltanto per dieci minuti, mi dà la sensazione di non essere poi così sola, oggi.

Nonostante lo sia.

Nonostante sola, solissima, sia.

Non ho nemmeno un vago programma per questa notte, tanto per dirne una.

Ato andrà a un veglione organizzato dalla sua scuola, Gianpietro è a Firenze con il suo fidanzato, Elisa18 è a sciare con il suo, Rodrigo a Capoverde con la sua, Giada farà l'animatrice a una festa per bambini, Annalisa è scesa in Puglia, dai genitori.

Nessuna delle persone con cui per me avrebbe senso liberarmi del 2012 è a disposizione.

Ato fa capolino dalla porta della mia stanza, mi trova stesa a letto, a fare la candela.

"Ho deciso," dice. E mi allunga un libro, *Harry Potter e la pietra filosofale*. "È il primo della serie. Non è possibile che non lo hai mai letto. Vedrai che se lo leggi per dieci minuti, poi non resisti. Lo finirai e vorrai leggere anche gli altri."

Bene: è una bella idea, questa.

Non ho mai avuto niente contro Harry Potter, figuriamoci. Ho, anzi, sempre nutrito una sconfinata ammirazione per Joanne K. Rowling e per la fantastica parabola che l'ha riscattata dalla miseria e dalla depressione, portandola a diventare una delle donne più ricche della Terra, grazie solo alla potenza della sua fantasia.

Semplicemente, fra tutti quei benedetti-maledetti fenomeni che bucano la cortina dell'indifferenza generale e la forzano fino a schiuderla nell'immaginario collettivo, capita che qualcuno ci passi sopra la testa, ci strisci sotto i piedi.

E che non ci raggiunga. Perché stavamo pensando ad altro, perché stavamo bevendo un caffè, perché eravamo nel posto giusto al momento sbagliato, nel posto sbagliato al momento giusto.

Capita.

"Non hai ancora letto il mio ultimo libro?" mi ha chiesto il grande Alberto Arbasino quando ho avuto l'occasione di conoscerlo personalmente. "Beata te!" Ha sospirato.

Perché, in effetti, il meglio della vita sta in tutte quelle esperienze interessanti che ancora ci aspettano: con il gioco dei dieci minuti lo sto imparando.

Dunque sta anche nei libri che tutti hanno letto, ma che per qualche imprecisato motivo noi ancora no.

Capitolo 1
Il bambino sopravvissuto

Comincio.

Come aveva previsto Ato, già dopo due minuti e tre pagine piombo in una trance a cui non riesco a rinunciare, quando la sveglia mi avverte che sono passati dieci minuti.

E vado avanti.

Dalla nascita miracolosa di Harry, lo vedo crescere con i suoi orribili zii e capisco chi è quel famigerato cugino Dudley a cui Ato temeva di assomigliare, con i capelli corti.

Parto con Harry per la scuola di Hogwarts, finalmente.

Conosco Hermione, conosco Ron.

Ato bussa di nuovo: è ora di pranzo.

Gli chiedo, per favore, di scaldarsi una pizza surgelata, io non posso mangiare con lui, oggi.

Devo leggere.

E proprio quando mi convinco che non sarebbe male trascorrere questo Capodanno sdraiata a letto, con Harry, Albus Silente, il terrificante Voldemort e Hagrid il gigante, squilla il telefono.

Alzo la cornetta senza staccare gli occhi dal libro.

"Pronto?"

"Ciao, Mister Magoo."

È come se il Mantello dell'Invisibilità di Silente mi calasse dentro. Non provo più niente. Niente. Chiudo il libro.

"Che fai, stasera?" domanda. Come se non fosse da ormai quasi due settimane che non ci vediamo. Come se non gli avessi espresso chiaramente come sto e che cosa voglio. E come se lui, da quel momento, non fosse sparito. Di nuovo.

"Non lo so."

"Io vorrei vederti."

"Perché?"

"Perché credo sia arrivato il momento di parlare sul serio, Magoo."

"Ancora? Non abbiamo già parlato troppo?"

"Forse. Ma io ho bisogno di parlare ancora. Fosse l'ultima volta."

"..."

"O magari la prima."

"..."

"Magoo?"

"Sai di che cosa avrei bisogno io, invece?" Lo scopro in quello stesso istante.

"Di che cosa?"

"Di stare in silenzio. Insieme. Io e te. Per i primi dieci minuti del 2013. Poi potrai dirmi quello che vuoi. Ma, per dieci minuti: zitti. Rimaniamo zitti. Non l'abbiamo mai fatto, in diciotto anni. Ti prego."

"...se ci tieni tanto, ok."

"Ci tengo tanto."

"Vuoi venire a cena qui, da me? Il mio collega è fuori Roma, a casa non c'è nessuno."

Se un fulmine di Voldemort mi avesse colpita al cuore, mi avrebbe fatto meno male: *Da me*! Per Mio Marito, ormai, quella del collega è casa sua, quindi? *Hogwarts, Hogwarts del nostro cuore, insegnaci bene per favore*: penso all'inno che Albus fa intonare a Harry e agli altri alunni della scuola di magia. *Hogwarts, Hogwarts del mio cuore, insegnami a fare finta di niente per favore*, dico fra me e me.

Mentre a lui: "No," dico. "Vediamoci davanti all'orto di Vicarello. A mezzanotte meno tre minuti. Così ci salutiamo, ma poi restiamo subito in silenzio."

Mio Marito è perplesso: "Va bene... Se preferisci, però, passo a prenderti in macchina e a Vicarello ci andiamo insieme".

"No, grazie. Ho troppa paura delle parole che diremmo lungo il tragitto."

"Magoo, stai bene?"

"Sì. Cioè, no. Cioè, ciao. A dopo."

Riattacco.

Vado in bagno, mi guardo allo specchio.

Devo assolutamente lavarmi i capelli, arrivare a sembrare se non una donna, quantomeno un essere umano: al momento sono un fantasma pallido, spettinato e in pigiama. Che fino a poco fa credeva di passare il Capodanno a

Hogwarts, con Harry Potter. Invece lo passerà a Vicarello, con suo marito.

"Magoo, mi manchi. Magoo, ti amo. Perdonami per essere scappato e perdonami per essere tornato senza avere ancora le idee chiare. 'Da me' non esiste. Esiste 'da te'. Esiste solo 'da noi'. Adesso, finalmente, lo so," dico, a voce alta, alla mia immagine riflessa allo specchio.

Perché lui vorrà dirmi questo, no?

È per questo che vuole vedermi. È per questo che vuole cominciare l'anno nuovo con me.

"Per quale altro motivo, sennò?" Lo chiedo, sempre a voce alta, alla mia immagine. Che mi risponde. "Sì!" mi risponde. "Attenzione allo Specchio delle Brame," mi risponde.

"Attenzione allo Specchio delle Brame," mi rispondo. A voce alta.

"Lo Specchio delle Brame ci mostra né più né meno quello che desideriamo più profondamente e più irresistibilmente in cuor nostro. Tu, che non hai mai conosciuto i tuoi genitori, ti vedi circondato da tutta la tua famiglia," spiega il saggio Albus Silente a Harry Potter. *"E tuttavia questo specchio non ci dà né la conoscenza né la verità. Ci sono uomini che si sono smarriti a forza di guardarcisi, rapiti da quel che avevano visto, oppure che hanno perso il senno perché non sapevano se quel che esso mostra è reale o anche solo possibile."*

Attenzione. Attenzione allo Specchio delle Brame.

Continuo a sussurrarlo come un mantra, sul treno, per tutto il viaggio fino a Vicarello.

Attenzione allo Specchio delle Brame.

1 gennaio, martedì

alba 7.38 – tramonto 16.49
primo quarto di luna 7.16

shhhhhh

00:01

00:02

00:03

00:04

00:05

00:06

00:07

00:08

00:09

00:10

"Buon anno."

"Buon anno, Mister Magoo."

Siamo seduti nell'orto di Vicarello, fra i pomodori e le verze. Dal lago, in lontananza, esplodono i primi fuochi d'artificio.

Mi avvicino a lui. S'avvicina a me.

Ci baciamo.

Per uno, due, cento minuti.

Ancora.

Mentre i fuochi d'artificio impazziscono, i nostri cani in cortile tremano, la nostra casa di sempre ci protegge, alle spalle, il freddo non ci tocca e la notte ci scivola addosso. Finché, senza chiedere permesso, arriva l'alba.

E ci trova così.

Sdraiati sulla terra umida, con le gambe intrecciate, la mia pancia incollata alla sua schiena, come quando eravamo una cosa sola, come quando ci sembravano inutili tutte le posizioni che dovevamo assumere durante il giorno e che non erano questa.

"Che cosa volevi dirmi, di tanto importante?" gli chiedo.

Lui si gira, mi accarezza i capelli. Le spalle. Mi bacia sugli occhi. E dice: "Sono confuso, Magoo. Una parte di me vorrebbe tornare con te, e stare insieme per tutta la vita. L'altra sa che ci sarebbero altre incomprensioni, altre Siobhan, altre telefonate da Dublino. E vuole vivere alla giornata. Proprio come sto vivendo ora. Non fanno per me, certe regole del matrimonio: ormai ne sono sicuro. Non faranno mai per me. Questo non toglie che tu sia l'unica persona che conta, la più importante. Insomma, io non riesco a separarmi da te... Tu però devi davvero imparare ad accettarmi così, come sono. Vivo in una stanza che ho preso in affitto da un collega, mi sono scoperto piuttosto sensibile a tutte le Siobhan che ci sono nel mondo: va bene, lo ammetto. E allora perché insisti a volermi diverso? Puoi darla a bere a tutti, Magoo, ma a me no: agli altri puoi sembrare una donna, tu puoi illuderti di esserlo. Io però ti conosco. Lo so chi sei. Sei e sempre sarai una ragazzina spaventata con le trecce lunghe. Una stupenda, ragazzina spaventata con le trecce lunghe. Che non sa guidare, non sa prendersi cura di sé, non sa mangiare come si deve e che inciampa, dentro alle sue paure e per il mondo. Ha bisogno di un uomo che, seppure a modo suo, sappia proteggerla, quella ragazzina. Un uomo che intuisca quello che di lei perfino a lei stessa sfugge. Hai bisogno di me, Magoo. Altrimenti perché sei crollata, quando sono andato a Dublino e a New York?

"Perché ancora non ti rialzi? Perché hai bisogno di me. Ecco perché. Fai pace con l'evidenza di questa verità e smettiamola di sforzarci per avere un matrimonio felice. Nessuno ce l'ha. Tutti si arrabattano come possono, si tradiscono, si deludono, si accontentano. La vita è troppo breve per impegnarsi a migliorare... No?".

2 gennaio, mercoledì

alba 7.38 – tramonto 16.50

un figlio, diciamo

Carmine Pisacane mi guarda, al di là della sua scrivania, nello studio dei responsabili della Città dei Ragazzi.

Poi guarda fuori dalla finestra: Ato sta giocando a calcio, con i suoi concittadini, nel campo della Città.

"Sembra sereno." Sorride. "Mi ha detto che ha passato un Natale bellissimo. Così ha detto: bellissimo."

Pisacane, al solito, trasmette una grande serenità. È pacioso, ciarliero, mi ha parlato del veglione di Capodanno alla Città, dell'Inter, dell'ultimo concerto di Bruce Springsteen.

Io invece sono tesa. Molto tesa. E appena, finalmente, attacca a parlare di Ato, non resisto più: "Che cosa succede?".

Pisacane continua a sorridere: "Niente, Chiara. Non succede niente. Niente di grave, almeno. Stia tranquilla".

"La sua telefonata mi ha messo in agitazione."

"Mi spiace. C'è una cosa di cui dobbiamo parlare: è vero. Ma potrebbe anche risultare una buona opportunità."

"Cioè?"

"Cioè, come lei sa, la Città accoglie ragazzi dai dodici anni in su, e quando diventano maggiorenni dovrebbe trasferirli negli alloggi per immigrati o metterli nelle condizioni di trovare un lavoro e, di conseguenza, un posto dove stare, magari in affitto."

"Sì."

"A volte facciamo delle eccezioni, come nel caso di Ato. Presto avrà diciannove anni, ma, data la sua situazione, avevamo stabilito di occuparcene finché non avrebbe finito le superiori."

"Sì." Sì. Non capisco dove Pisacane voglia arrivare e riesco solo a dire "sì".

"La Città dei Ragazzi, però, ha le sue regole."

"Sì."

"Tanto più per un cittadino come Ato, che ha superato il limite d'età, queste regole vanno rispettate. C'è bisogno di collaborazione, di presenza. È fondamentale partecipare alle assemblee, alla vita di tutti i giorni."

"Sì."

"No."

"Come 'no'?" mi risveglio.

"Da quando Ato frequenta casa sua, è spesso assente. Quasi sempre, il lunedì rimane da lei. I concittadini e gli educatori lo notano. Così come hanno notato che, durante queste vacanze, Ato non si è mai fatto vedere."

"Mi perdoni. È anche colpa mia se il lunedì Ato rimane da me, anziché tornare." Abbasso lo sguardo. Ripeto: "Mi perdoni".

"Perdono? Colpa? Chiara, il punto non è questo."

"E allora qual è?" Perché io, davvero, non lo capisco.

"Il punto è che Ato deve prendere una decisione. Vuole continuare a essere un cittadino? O vuole uscire dalla Città dei Ragazzi?"

"O dentro o fuori, insomma. Se sta sulla porta blocca il traffico. Certo," penso, a voce alta.

"Cosa?"

"Niente, niente."

"Chiara." Pisacane improvvisamente ha di nuovo il tono che aveva per telefono. "Chiara," ripete. E poi: "Se la sente di prendere Ato a vivere con sé, almeno fino a quando non arriverà al diploma?".

"Ato? Con me?" Ato. Con me.

"Il ragazzo sicuramente ha fatto progressi enormi, da quando la frequenta. È più disinvolto, meno chiuso nel guscio del suo dolore, delle sue elucubrazioni. Se posso permettermi, credo che anche lei sia molto legata a lui e mi sembra rafforzata da questa relazione."

"Lo sono." Pisacane sa, naturalmente, che cosa mi è successo nell'ultimo anno: raccontarglielo è stata una condizione fondamentale, perché fosse possibile un patto di fiducia fra noi e perché Ato venisse a stare da me, nel fine settimana.

"Non cambierebbe molto, nei fatti, se Ato si trasferisse a casa sua. Già si occupa di lui a livello economico." È vero. "Ato è indipendente, ha quasi diciannove anni: prendersi cura di lui non sarebbe come prendersi cura di un bambino che ha bisogno di tutto, per sopravvivere. Però sarebbe comunque una responsabilità. Un'enorme responsabilità. Sarebbe come avere un figlio, diciamo. Un figlio grande, svezzato. Ma comunque un figlio. Se la sente?"

3 gennaio, mercoledì
alba 7.38 – tramonto 16.51

salta!

"...e io, dottoressa, ho risposto che sì. Me la sentivo."

"Impegnativo."

"Le sembrerà assurdo, ma prima di rispondere ho guardato l'orologio. Pisacane mi stava parlando di Ato da esattamente dieci minuti, quando mi ha espresso con chiarezza la possibilità di prenderlo in affido, o giù di lì. Né un minuto in più, né uno in meno. E allora ho realizzato. Sì: i miei dieci minuti, oggi, devono essere questi. Sono questi."

"Impegnativo, ripeto."

"Crede?" Perché dallo sguardo che fa la dottoressa T. mentre dice "impegnativo", mi pare voglia dire altro. Mi pare voglia dire bello. Mi pare voglia dire giusto. "Io lo avverto, certo, l'impegno della responsabilità che voglio assumermi. Ma..."

"Ma?"

"Ma credo ci siano persone che non dobbiamo sforzarci di accogliere: sono già entrate nella nostra vita mentre non ce ne rendevamo conto. Mentre a chissà cos'altro stavamo pensando."

"Vero."

"Ato è già nella mia vita. Si tratterà solo di passare con lui sette giorni alla settimana anziché tre e mezzo."

"Vero."

"...allo stesso modo, ci sono persone che non dobbiamo sforzarci di allontanare dalla nostra vita. Di fatto sono già fuori. Anche loro, sono uscite mentre non ce ne rendevamo conto."

"Si riferisce a suo marito."

"Sì. Quando mi ha fatto quella proposta, se possiamo definirla così, a Capodanno, ho sentito come una mano afferrarmi qui, alla gola, e stringermi forte. Fortissimo."

"..."

"Ho pianto. Non riuscivo a smettere. Un pianto diverso da tutti, è stato. Più che un pianto sembrava un attacco d'asma. Qualcosa di primitivo, di bestiale. Ma, non so come spiegarlo... Non piangevo per il dispiacere di quella proposta assurda. Piangevo perché la donna di cui lui parlava, mentre si riferiva a me, non mi somiglia più. E piangevo perché lui, mentre parlava, non somigliava più all'uomo di cui sono stata innamorata. Di cui sarò sempre innamorata. Con cui formerò sempre un solo Primario. Dottoressa..."

"Sì?"

"Cambiare è mortale."

"Chiara?"

"Sì?"

"Cambiare è vitale."

"..."

"..."

"Sa, ripensavo a Egoland."

"Certo: Egoland. Il titolo del suo racconto."

"Sì. Egoland. La città dove ogni palazzo ha un colore solo. La *e* è maiuscola, in Egoland."

"Naturalmente. È un nome proprio di città."

"Ovvio. Ma il problema è che, nella mia testa, certe cose le ho sempre pensate così. Con la maiuscola."

"Per esempio?"

"Per esempio la Mia Rubrica. Mio Marito. La Mia Casa

di Vicarello. Tutto maiuscolo. Soprattutto la *emme* di Mia. Di Mio."

"E?"

"E invece mi sto convincendo che, se mai pubblicassi quel racconto, lo intitolerei *egoland*. Con la *e* minuscola."

"Interessante."

"Pensarsi in minuscolo? È necessario, temo."

"..."

"Oggi è l'ultimo giorno dell'esperimento dei dieci minuti."

"Lo so."

"Quello che più mi sorprende è..."

"È?"

"Non è quello che ho scoperto."

"Cioè?"

"Cioè: certo, mi ha stupefatto scoprire che sono infiniti i modi con cui si possono riempire dieci minuti, se ci si concentra per farlo."

"Ma?"

"Ma mi ha stupefatto ancora di più scoprire quello che c'era già. Per esempio la Città dei Ragazzi. Mia madre. Gianpietro. Elisa18. Giada. Annalisa. Gli ottantanove invitati alla mia festa di Natale. I negozi a un passo da dove abito. Il romanzo che non credevo di avere dentro, ma che evidentemente c'era, se ora non riesco a smettere di scrivere. Insomma, dottoressa."

"Insomma?"

"Non ho più un amore. Non ho più una casa che sento davvero mia, non ho più un lavoro che mi piaceva. Non ho un perno: ecco. Ma la vita che gira attorno a questo perno che non c'è, forse, non è poi così male."

"Vede, Chiara, è proprio la vita l'unico perno possibile. È perno e ruota insieme, la vita."

"Dottoressa?"

"Sì?"

"Troppo complicato, per me, ora come ora. Ho appena lasciato un marito, ho appena preso in affido un figlio."

"Ha ragione."

"..."

"Dunque, Chiara? Che cosa ha in mente, oggi, per il gran finale?"

"Rodrigo, il mio amico violinista, è di nuovo a Roma. Mi ha invitata a vedere uno spettacolo di Antonio Rezza, che lui conosce bene. Ce l'ha presente?"

"Certo."

"Io non l'ho mai visto all'opera. Pare sia uno spettacolo eccezionale, questo. Si chiama *Fratto X*. Ogni sera, a un certo punto, Rezza ha bisogno di due persone che, proprio per una decina di minuti, saltino sul palco, mentre lui fa un monologo. Insomma, grazie a Rodrigo, stasera quelle due persone saremo Ato e io."

Antonio Rezza ha una faccia identica solo alla sua, gli occhi strabordanti di visioni e l'energia di chi si ostina a comunicarle al mondo.

Flavia Mastrella, che da sempre collabora con lui e cura la regia e la scenografia degli spettacoli, ci accoglie all'ingresso del teatro.

Nell'abuso che oggi si fa del termine artista, mentre li spio discutere, nel camerino, con parole e gesti soltanto loro, loro e di nessun altro, non ho dubbi: Antonio e Flavia sono due artisti. Antonio si avvicina a noi, abbraccia Rodrigo.

Fratto X è uno spettacolo sulla mostruosa, inevitabile semplificazione a cui nessuno di noi sfugge: sul nostro fratto, appunto. Su quell'Io che dovrebbe esserci amico e che invece ci annienta. "Ci riduce a mogli, ci riduce a mariti, ci riduce a essere Mario, a essere Antonio, a essere Chiara. E a crederci, soprattutto," mi spiega Rezza. Ci riduce a credere di essere ragazzine eternamente spaventate con le trecce lunghe, rifletto io.

Flavia ha costruito, per la scena, due giganteschi fasci di luce: una coppia di teli fissati alle estremità del palco che già solo a vederli la trasmettono tutta, la liberazione che dovrebbe consentirci di essere noi stessi. E la prigione che invece finisce per diventare.

Ascoltiamo Antonio, rapiti, finché: "Siete voi, dunque, i miei saltatori di stasera?" chiede ad Ato e a me.

Siamo noi.

"Perfetto. Spogliatevi e seguitemi, ché vi spiego quando e come dovrete entrare sul palco."

"Spogliatevi?" domando io.

"Spogliatevi?" mi fa eco Ato.

"Sì," fa Rezza, sbrigativo. "Il monologo è sul tradimento, diciamo così. Su Rita e Rocco, una coppia in crisi. L'uomo e la donna che saltano, mentre recito, devono essere completamente nudi, almeno fino al busto. Rodrigo non ve l'aveva detto?"

No. Rodrigo non ce l'aveva detto.

Ma fra l'imbarazzo di spogliarmi e l'imbarazzo di piantare una grana a uno che ha gli occhi di Rezza, scelgo il primo.

E mi spoglio.

Così.

Come se niente mi fosse mai venuto più spontaneo.

Seguo Ato che segue Antonio, dietro le quinte.

Mi sistemo al mio posto, aspetto che si faccia buio in sala, aspetto che si accendano le luci sul palco, aspetto che Rezza attacchi il monologo sul tradimento.

Sorrido ad Ato: "Tocca a noi," bisbiglio.

Entriamo in scena.

Nudi.

Ci accucciamo, ognuno dietro a uno dei teli costruiti da Flavia.

E mentre Antonio Rezza invade il palco con la violenza e la poesia delle sue visioni e io aspetto che dica "Rita", per cominciare a saltare, penso.

Penso che ci fidiamo di fratti che per loro stessa natura sono sbagliati: è vero.

Ma siamo anche terrorizzati da fratti che per loro stessa natura sono necessari.

Penso a come un distacco non segni per forza la fine di un'esperienza.

Anzi: può darle il permesso di durare per sempre.

Penso alla mia casa di Vicarello, penso a mio marito, penso alla mia rubrica.

Guardo Ato, accucciato come me, che aspetta che Antonio Rezza dica "Rocco", per saltare.

E penso a quello che ho vissuto, a quello che vivrò, a quello che sto vivendo adesso.

Perché nelle infinite semplificazioni con cui crediamo di metterci in salvo e dentro cui invece ci perdiamo, c'è una cosa, una soltanto, che non può venirci dietro, che non possiamo ingannare.

Questa cosa è il tempo.

Che è qualcosa di pochissimo, se siamo felici.

È qualcosa di tantissimo, se siamo disperati.

Comunque sta lì.

Con una lunga, estenuante, miracolosa serie di dieci minuti a disposizione.

Abbiamo l'occasione di farci quello che ci pare, con la maggior parte di quei dieci minuti.

Ma ci sono momenti in cui non riusciamo proprio a coglierla, l'occasione.

Ci sono momenti in cui, anzi, ci pare una disdetta.

Quei momenti sono bugie.

Per fortuna, però, poi, ci sono momenti come questo.
In cui Antonio Rezza dice “Rita”.
E noi dobbiamo saltare.
Nudi.
Saltare.
E basta.

È passato un anno, da quando tenevo questo diario.

A giugno, Ato è stato promosso con tutti sette, due sei e una sola insufficienza.

Certi giorni mi fa andare il sangue alla testa, soprattutto quando promette di buttare la spazzatura e poi se la dimentica in ascensore o quando io sono a cena fuori, lui mi assicura che mangerà e poi scopro che non ha mangiato.

Ma il più delle volte va tutto bene, fra noi.

Per permettergli di continuare a frequentare la stessa scuola, a quattro fermate di metro di distanza, ho prolungato di altri due anni l'affitto della casa a Roma.

A fine gennaio la lattuga ha cominciato a spuntare.

Il peperoncino invece non ce l'ha mai fatta.

Gianpietro è andato a vivere con Mikhail, il suo fidanzato russo.

Mio marito con la ex moglie del collega da cui affittava la stanza.

Poi si sono lasciati e lui si è messo con un'amica della ex moglie del collega da cui affittava la stanza.

Si sono lasciati e, ad agosto, lui è tornato a New York a preparare mojito.

Da allora non ho più avuto sue notizie.

Per quanto riguarda me, ho preso la patente, ho pubblicato il mio romanzo, ho una nuova rubrica su un settimanale e un altro ancora mi ha affidato, ironia della sorte, la sua posta del cuore.

Ogni tanto sono piuttosto serena, ogni tanto molto triste.

Non ho ancora un nuovo amore, purtroppo.

Ma ripenso spesso all'esperimento di un anno fa.

E allora mi dico che, se nel mondo ci sono persone che suonano il violino, cambiano pannolini, girano video porno amatoriali, insegnano hip-hop, seminano e leggono *Harry Potter*, fra sette miliardi ce ne sarà almeno una che stava aspettando proprio me, nei dieci minuti in cui io la incontrerò.

Un libro per guarire
Le testimonianze dei lettori

AVEVO DA POCO PERSO IL MIO AMORE

Stava arrivando dicembre anche per me, e lo temevo. Avevo da poco perso il mio amore, di una morte spietata e senza senso. Mi sentivo diverso, avevo l'urgenza di scappare ma senza nessuna direzione, nessuna destinazione. Finché un giorno ho incontrato *Per dieci minuti*: e ho ricominciato a viaggiare.

Questo libro mi ha fatto uscire, mi ha fatto scoprire, mi ha fatto commettere cazzate di cui mi sono vergognato tanto, e poi meno.

Poco dopo averlo finito, in un atto di ingenua follia, ho scelto di chiudere l'anno peggiore della mia vita scrivendo una lettera d'amore come fossi ancora un adolescente, per urlare al cielo il mio vaffanculo, perché l'amore l'avevo perso eppure ce l'avevo ancora tutto.

Nell'anno successivo ho seguito ogni briciola trovata per strada, ho detto tutti i sì che sentivo, sono stato in un ecovillaggio in mezzo al bosco e a un ritiro di meditazione; ho partecipato a riti sciamanici e gare di poesia performativa, ho fatto l'autostop, camminato due settimane senza soldi e senza telefono, cercato l'umanità e la fiducia: mia e degli altri.

Non me ne sono accorto subito, di come mi aveva cambiato questo libro.

È grazie a lui che ho capito che potevano bastare dieci minuti di un giorno qualunque per scoprire di non essere soli, e sentirci, ancora e all'improvviso, a casa.

Manuel Montanari

L'AMULETO

Per dieci minuti è per me un libro-amuleto, lo è diventato da subito. Quando l'ho preso in mano e ho letto la sinossi, non riuscivo a crederci: quella descritta nel libro, la Chiara-personaggio, ero proprio io; perché tutto quello che la protagonista aveva attraversato, lo avevo vissuto anche io. Identico. E così, sorpresa e sbigottita, ho comprato il libro. Da subito mi sono sentita capita e meno sola, perché se è vero che sappiamo che tutti prima o poi hanno sofferto o soffriranno per amore, leggere la descrizione di sensazioni, emozioni e pensieri che rispecchiano esattamente il tuo stato d'animo ferito, addolorato e sofferente di quel momento è qualcosa di incredibile ed estremamente confortante. Quello che questo libro mi ha insegnato me lo porto addosso tutti i giorni: accettare tutto ciò che mi incuriosisce, provare a fare cose nuove, sperimentare senza mai tirarmi indietro. Affrontando i giorni in questo modo ho capito che si può ripartire, minuto dopo minuto, che la vita ti sorprende sempre, nel male, ma fortunatamente anche nel bene, e che sì: il cambiamento è necessario. E anche se a volte non lo vorresti, ti tocca farlo: "Buttati. Non resistere al cambiamento", perché la vita ti riserverà qualcosa di interessante. Sempre.

Chiara Caobelli

ANCHE UNA VITA CHE SCORRE LISCIA HA BISOGNO DI ATTENZIONI

Voglio farlo anch'io, il gioco dei dieci minuti.

Perché è una cosa stupida e divertente, irriverente, commovente e temibile, geniale. Ma dovrei avere un Rodrigo, un Ato, una zia Piera, ottantanove persone a Natale a casa mia. E dovrei avere del tempo per fermarmi e pensare alla mia vita, che anche se scorre liscia non vuol dire che non abbia bisogno di attenzioni. La mia vita scorre liscia, è vero, ma inesorabile, mentre io sono troppo preso dai suoi soliti meccanismi, ciclici e ripetitivi, e rischio di perdermi qualcosa, anche se piccola e insignificante.

Il gioco sarebbe un modo per spingermi a riflessioni nuove, a pensieri che avrei giurato di non fare mai, a indiscrezioni e pettegolezzi irrazionali, confessioni che ho sempre evitato di fare agli altri e a me stesso.

E sarebbe anche un modo per recuperare emozioni dormienti e silenti che credevo di aver perso e che invece erano sempre state lì; un modo per accorgermi di quello che già ho e delle persone che già sono con me: i vari Rodrigo, Ato, zia Piera e le ottantanove persone a Natale a casa mia.

Sì, lo farò anch'io il gioco dei dieci minuti. Perché è una cosa importante, difficile, definitiva.

Gianpietro Gagliostri

ABRACADABRA

Avete presente quelle rarissime, fascinose e irripetibili volte in cui stringete al petto qualcuno o qualcosa fino a quel momento completamente "altro" e profondamente sconosciuto e di colpo sentite in maniera inequivocabile "sotto le costole, all'altezza della pancia" quella pallina, quella finestra accesa che vi dice che ormai è successo?

Ricordo in maniera vivida di aver provato esattamente tutto questo quando, in una mattina di dieci anni fa, ho stretto al petto la mia copia di *Per dieci minuti*. L'incontro/scontro con questo ennesimo capolavoro di Chiara è stato per me uno di quei momenti che mi piace definire di luce perfetta, come se quelle pagine e io, dopo esserci a lungo cercate, ci fossimo finalmente trovate.

Per dieci minuti è per me tante, tantissime cose. Il suo esercizio quotidiano, ma anche la sua sfida, mi hanno ricordato che per trasformare il nostro fuggire in un andare, spesso abbiamo bisogno di un passo, perché la nostra poesia interiore nasce proprio dal cammino. È come un abracadabra che risveglia il bambino che siamo stati e che ci invita, in maniera buffa e coinvolgente, a indossare calzamaglie verdi senza vergognarci. Ma è soprattutto un vaso colmo di profumi, suoni, progetti.

Grazie a *Per dieci minuti* ho capito che il tempo fa girare la testa ma ci accetta pure tutti interi; mi ha ricordato che nella vita, se lo permettiamo, ri-tocca anche a noi. E che in fondo ce l'abbiamo sempre a disposizione, quella preziosa manciata di minuti sorprendenti per ri-cominciare.

Buon compleanno *Per dieci minuti* mio, soffia forte sulle tue prime dieci candeline mentre io ti ringrazio... Non sai che fortuna per me esserci capitati.

Claudia Galli

QUELLO CHE -NON- HO

Per dieci minuti è un libro ma pure un gioco, come un libretto di istruzioni da leggere e rileggere quando ti ritrovi senza niente addosso, intorno e dentro, quando tutta la vita che hai voluto e cercato non la vedi più. Cosa si può fare per non rimanere impantanati e uscire dalla melma che ci stringe? Grazie al gioco dei dieci minuti, ho compiuto il miracolo, o almeno ci ho provato, di sperimentarmi nella sorpresa dell'inaspettato. Ho visto, letto, sentito: cambiato. Perché anche solo pensare che dentro di noi ci sia qualcosa che sta lì, che non sappiamo e non conosciamo, stimola noi e la nostra vita. Ci fa bene. Spesso mi concentro su quello che non ho, e allora rileggo *Per dieci minuti* e improvvisamente vedo meglio la bellezza che ho intorno. Questo libro mi ha fatto scoprire la pittura e lo yoga, mi attraversa ogni volta che sento il bisogno di uno stimolo per lanciarmi o accettare. Allenarmi ogni giorno a fare qualcosa di nuovo è il regalo che Chiara mi ha fatto, e di cui le sarò per sempre grato.

Alessandro Remia

QUANDO È CROLLATO TUTTO

Lorenzo arriva sempre con qualche minuto di anticipo e aspetta in piedi in sala d'attesa. Mentre ci accomodiamo mi domanda spesso "Come sta?", accontentandosi della risposta preconfezionata, ma lo sento davvero interessato. È un uomo naturalmente elegante nei modi, ama leggere e dipingere, ha la voce calma, un largo sorriso e gli occhi frizzanti nonostante la sua storia traumatica abbia tentato di spegnerli. La seduta scorre fluida, siamo a un ottimo punto della terapia e siamo entrambi soddisfatti dei risultati raggiunti finora. Sul finire mi chiede se ha tempo per dirmi un'ultima cosa.

"Abbiamo ancora dieci minuti."

"Ok, mi sbrigo..."

"Stia tranquillo, si possono dire tante cose in dieci minuti!"

"Come già le dicevo, ho capito e finalmente sentito i frutti del nostro lavoro. Sono davvero in pace con quello che è stato, è passato, non mi fa più soffrire... ma sono cinquantasei anni che vivo in questo modo... e ora non so come altro essere, forse non so chi sono, ora che sono libero da tutti quei condizionamenti..."

Mi guarda in attesa di una risposta che possa guidarlo. Ci sorridiamo fiduciosi.

"Ha mai letto il libro della Gamberale, *Per dieci minuti*?"

"No, di lei ho letto altro ma questo no... perché?"

"Nel libro la terapeuta propone alla protagonista – una giovane donna sofferente per la rottura col marito e non solo – un gioco: per un mese intero, ogni giorno, per almeno dieci minuti, deve fare una cosa nuova, mai fatta prima."

"Ah... già sembra difficile!" Ride. "Una cosa nuova... per esempio?"

"Potrebbero essere esperienze che non ha mai avuto il coraggio o il desiderio di fare, scelte che non avrebbe mai immaginato..." spiego, mentre in una parte della mia mente iniziano a scorrere immagini che mi portano in volo fino a Siem Reap, in Cambogia, il mio primo volo da sola, quando la cavia volontaria dell'esperimento dei dieci minuti ero io...

"Già so che non sarà facile, ma sembra divertente. Qualche indicazione particolare per fare bene l'esercizio, dottoressa?"

"Solo una: sia curioso e aperto ad accogliere quello che arriva."

Ci salutiamo con un'occhiata complice e nella pausa torno su quel volo.

Torno a quel 2009 quando è crollato tutto. La mia città di origine, le case, le mura, le chiese, i tetti sui letti e sulle tavole ancora apparecchiate. Quella notte in cui la terra ha scelto di portare via trecentonove persone, senza alcun ragionevole criterio di selezione tra i sessantacinquemila che sarebbero entrati a far parte della massa degli sfollati.

In quel periodo mortifero l'istinto di vita mi spinse a ricominciare da qualche parte e iniziai, cavia di me stessa come ai tempi della facoltà di Psicologia, a fare cose nuove, grandi o piccole che fossero.

In realtà furono tutte grandi, quello fu l'anno zero. Dopo il terremoto, mi ritrovai a chiudere una relazione importante, lavorare come psicologa dell'emergenza, prendere il mio primo volo da sola – diciannove ore di viaggio – con uno zaino in spalla, convivere con la mia cagnolina, conoscere nuove persone, accogliere la solitudine e la depressione e scoprire che non ti ammazzano, raccontare l'inconfessabile a quell'amica che ti raccoglie quando non hai nulla da offrire, essere trafitta da un colpo di fulmine, che, si sa, di solito porta sensazioni intensissime e proporzionate sofferenze, ma in quel momento era più importante rischiare, saltare nudi.

"E noi dobbiamo saltare.

Nudi.

Saltare.

E basta."

Il libro *Per dieci minuti* invece è arrivato nella mia vita anni dopo la sua pubblicazione, chiaramente perché era quello il momento giusto per arrivare. Fin dalle prime pagine mi fu chiaro che lei era me, io ero lei, e dovevo ancora scoprire qualcosa. Avevo attraversato altri terremoti, stavolta metaforici e di segno sia positivo che negativo, e leggendo il libro mi sono ricordata che da anni non avevo avuto il tempo di giocare ai dieci minuti…

Così, grazie al libro, ho ripreso a giocare, inizialmente seguendo diligentemente le regole, poi modificandone la formula a mio vantaggio, dilatando l'esercizio nel tempo, e oggi ne ho fatto un modo di vivere, ecco.

Voglio scoprire la vita, ancora, dieci minuti per volta.

Per dieci minuti è un libro che ha attraversato tanti mondi;

dopo essere entrato nella mia vita, si è trasferito in quella di Lorenzo, ma anche di tanti altri miei pazienti, persone che pensavo potessero trarne stimolo e ispirazione.

Elena, quarant'anni di vita dedita al dovere e al sacrificio, lo ha usato per imparare a riprendersi un tempo per il piacere.

Anna, giovane madre di tre figli, doveva ricordarsi chi era prima di diventare mamma e recuperare e integrare qualche pezzo mancante nella nuova se stessa.

Andrea, con un disturbo ossessivo compulsivo, aveva bisogno di fare pace con le novità, abbandonare il controllo.

Giulio, giovane universitario inibito dallo stile educativo dei suoi genitori, cercava un accesso all'esplorazione di sé.

Paola, donna passionale e curiosa, troppo presto colpita da un male incurabile, voleva conoscere ciò che ancora non aveva assaggiato di questo mondo nel poco tempo che le restava.

Per dieci minuti è un consiglio per tutti noi, un promemoria per continuare a farsi sorprendere dalla vita, un monito a non restare immobili, per guardare avanti finché c'è prospettiva. È una carezza di speranza a chi si sente finito.

Marta Lepore

SENZA MAPPA NÉ BUSSOLA

Quello che Chiara compie in questo romanzo è un vero e proprio viaggio introspettivo senza mappa né bussola, dove l'atto concreto dello scavare rivela tutti i suoi lati sfiancanti e penosi. Trapanare il muro di cemento armato dove la nostra anima si rintana, nel tentativo di dialogare con lei e di riuscire finalmente a decifrare il colore autentico della sua voce. Una voce sotterranea che tendiamo a lasciare sopita, perché a volte è meglio così; perché troppa è la paura di ascoltare quel che ha da dirci e che sappiamo finirà per metterci con le spalle al muro. Rimanere intrappolati nel limbo dell'insoluto è di sicuro la scelta più confortevole che si possa fare, optando per una vita "sottovuoto", come ben suggerisce Cristina, la proprietaria del centro estetico dove Chiara si ritrova.

Qual è dunque il rimedio che Chiara Gamberale ci suggerisce? Abbandonarci alla vita. Sempre? Bastano giusto dieci minuti. Oltre tutti gli impegni, oltre tutte le frenesie quotidiane. Dieci minuti al giorno per affidarsi all'imprevedibile. È questa la via per capire se dove siamo diretti è dove davvero vogliamo andare oppure se è solo una meta verso cui, per volontà che disconosciamo, ci sentiamo spinti e direzionati.

Dieci minuti che, nel mio caso, sono bastati per incontrare, poi, Chiara in modo del tutto casuale a bordo di un treno Roma-Salerno. Questo perché la vita dispensa occasioni in ogni momento, ce le regala. Vita: una delle parole più utilizzate in questo romanzo che oggi compie dieci anni, confermandosi come grido d'incitamento alla rivalsa per tutti i suoi lettori. E poco importa se a fluire incessantemente siano minuti oppure anni, l'importante è che ciò non avvenga in maniera indisturbata. Perciò che lascino il segno, che ci sconvolgano pure! Come fa Chiara Gamberale, come fa questo libro.

Perché, in fondo, "quant'è assurda la vita, quando non tocca a noi?".

Leonardo D'Isanto

QUELLA VERTIGINE

Per provare a spiegare cosa sia stato per me *Per dieci minuti*, potrei dire semplicemente che leggerlo, e fare il gioco relativo, è la prima cosa che suggerisco ai miei amici che mi raccontano di essere in un periodo di forte sofferenza o alla fine di una relazione, ma anche a chi è in stallo, a chi è in crisi e non sa in che direzione andare ma, soprattutto, a chi ha un pensiero ossessivo che non molla. Questo libro racconta la parte terminale di una storia d'amore che somigliava incredibilmente alla mia, e suggerisce di fare, per dieci minuti, una cosa mai fatta prima (ancora meglio: che non hai mai pensato di fare e che non faresti) ogni giorno, per un mese. Ogni giorno una cosa diversa. L'effetto è pressoché immediato, perché dopo i primi due, tre giorni in cui le idee ti vengono facili, devi cominciare a inventare, a pensare, ed ecco il primo miracolo: tutto il tempo che passi a inventarti cosa fare e come farlo, lo sottrai ai pensieri ossessivi e al dolore. Il secondo miracolo è quel senso di leggerezza e vertigine insieme provocato dallo sperimentarsi in spazi e situazioni che non sentiamo nostre, in cui io sono riuscita a calarmi in modo incosciente proprio perché il confine temporale dei dieci minuti me lo faceva fare in modo protetto e limitato nel tempo. Molte cose le ho protratte per qualche ora come una serata intera senza cellulare a guardare davvero le facce delle persone, senza via di fuga, o un pranzo da sola con mio papà che mi ha raccontato la sua vita; altre ancora me le sono portate dietro nel tempo, e sono le abilità che ho imparato. Ma la porta più bella e importante che mi ha aperto questo magico libro/gioco è stata quella del mondo dei "perché no?". A gioco finito mi è rimasto aperto lo spiraglio per fare cose a cui prima avrei detto di no. E, ogni volta che provo qualcosa che non è già mia, ritorna quella leggerezza-vertigine, col cervello sottovuoto con intorno le bollicine e io che scopro parti nuove di me, o cose che proprio non mi apparterranno mai, ma scoprire dove non vuoi andare è già tantissimo. Nei primi anni lo rifacevo periodicamente, adesso mi accorgo di viverci dentro, di lasciare sempre più spesso indietro la paura, di lanciarmi nelle cose con l'incoscienza e lo scudo di protezione dei dieci minuti, sapendo che posso sempre tornare indietro, ma che chissà che mondi scopro se invece faccio un passo in avanti.

Valentina Dispari

UN ESERCIZIO PER PERSONE CORAGGIOSE

Quanto vale il tempo? Una domanda alla quale, un po' per formazione un po' per inclinazione, ho risposto troppo spesso con i numeri. La relatività del tempo, però, si impara meglio nella vita. Prendiamo dieci minuti, per esempio. Possono non contenere niente, o possono cambiare per sempre il corso delle cose. O possono, un po' alla volta, aiutarci a crescere, a uscire da noi, ad accogliere il mondo mentre stiamo vivendo un momento di estrema sofferenza e percepiamo solo il vuoto: quando ci troviamo distanti dalla vita. Così nasce l'esperimento proposto da Chiara Gamberale in questo libro: trovare e fare, per dieci minuti al giorno, qualcosa che non abbiamo mai fatto. Per ben trentuno giorni. In fondo, cosa sono dieci minuti in una giornata? Dieci minuti da riempire con dei gesti semplici ma, proprio perché semplici, complicati. Complicati da pensare, più che da fare. Uno sforzo di fantasia. Un appello a una concentrazione che quando stiamo male ha una sola direzione: il nostro dolore, le nostre ossessioni. Attenzione però, è un esercizio per persone coraggiose. È un esercizio per chi è disposto a fare la cosa più difficile, quando si sta male: mettersi da parte per mettersi al primo posto. Ho letto questo libro due volte: la prima con un immenso senso di inadeguatezza verso chi, questo libro, me l'aveva regalato. Dicendomi, con i fatti e mai con le parole, "Ecco, prova a trovare una cura qui". E con la stessa inadeguatezza l'ho affrontato, leggendolo senza riuscire a trasformarlo. La seconda volta, circa sette anni dopo, l'ho riletto mentre un po' alla volta ricostruivo la mia vita dopo una fine. Ho imparato il valore di accogliere cose nuove, la sorpresa di trovarsi a sorridere, lo stupore di accorgersi di non pensare, anche solo per dieci minuti. La voglia, un po' alla volta, di abbandonare il dolore, la sofferenza, l'ossessione. Ho scoperto il potere della vita a partire dalle cose più semplici e apparentemente prive di un significato profondo. Ho scoperto che, invece, sono proprio queste le cose che vincono contro la nostra ostinazione – perché quando si soffre si è ostinati e testardi nell'infliggersi la sofferenza – perché sanno spostare il nostro baricentro. Sanno, un po' alla volta, insegnarci a vivere di nuovo. Allora la domanda giusta da farsi non è cosa sono dieci minuti in una giornata, né quanto valgono. Ma cosa possiamo diventare, noi, in quei dieci minuti.

Valentina Guglielmo

Indice